贾平凹小说精读书系

鸡窝洼的人家

贾平凹

著

陕西师范大学出版总社　西安

图书代号　WX24N0888

图书在版编目（CIP）数据

鸡窝洼的人家 / 贾平凹著. -- 西安：陕西师范大学
出版总社有限公司，2024. 7（2024. 9重印）. --（贾平凹
小说精读书系）. -- ISBN 978-7-5695-4495-4

Ⅰ. I247.5

中国国家版本馆CIP数据核字第 2024KW0421 号

鸡窝洼的人家

JIWOWA DE RENJIA

贾平凹　著

出版统筹	刘东风
责任编辑	宋媛媛
责任校对	郑　萍
封面设计	周伟伟
出版发行	陕西师范大学出版总社
	（西安市长安南路199号　邮编710062）
网　　址	http://www.snupg.com
印　　刷	陕西龙山海天艺术印务有限公司
开　　本	787 mm×1092 mm　1/32
印　　张	7.25
插　　页	4
字　　数	110千
版　　次	2024年7月第1版
印　　次	2024年9月第2次印刷
书　　号	ISBN 978-7-5695-4495-4
定　　价	49.00元

读者购书、书店添货或发现印刷装订问题，请与本公司营销部联系、调换。
电话：（029）85307864　85303629　传真：（029）85303879

目
录

鸡窝洼的人家

一

正是子时，扇子岩下的河滩里，木木地响了两下。响声并没有震动夜的深沉，风依旧在刮着，这儿，那儿，偶尔有雪块在塌落了，软得提不起一点精神。

响声谁也没有发觉，一只狗也没有叫。鸡窝洼几乎被雪一抹成了斜坡了，消失了从坡上流下来的那条山溪，咕咕的细响才证明着它在雪下的行踪。本来立陡立陡的人字屋架，被雪连接了后檐头到地面的距离，形成一个一个隆起的雪堆。门前的竹丛，倒像是丰收后的麦秸积子。房子的门在哪里？窗在哪里？隐隐地只听见有着男人的或吹或吸的打鼾声，和婴儿的一声惊叫，以及妇女在迷糊中本能的安抚声，立即一切又都悄然没息了。

突然亮起了一点光来，风雪里红得像血，迷迷离离地晕染出一所庄院。门很响地开了，一个红的深窟；埋了门槛的雪像墙一样地倒了进去，红光倏忽消灭了。一只狗出来，瘦长长的，没有尾巴，在雪地极快地绕了一圈，猛地向空中一跃，身子像一个弓形，立即向前跑去了。狗的后边，是一个男人，手里正提着一杆土枪。

这是回回家的院落。三间上屋，两间西厦。洼地埋在一片柞树、桦树或者竹林子里，而整个鸡窝洼里，唯有回回家的院落是最好的风脉了：在洼的中心，前边伸出去，是一片平地；背后是漫漫的斜坡，一道山溪从坡顶流下来，绕屋旁流过去，密得不透风的竹子就沿溪水长起来。大路是没有的。以这里为中心，四边的台田块与块之间的界堰，便是路了。条条交错，纷乱中显见规律，向整个洼地扩散开去，活脱脱地像一个筛的模样。鸡窝洼的名字也就从此叫起了。

回回家两口人。媳妇烟峰是南山张家坪的女子，长得又粗又高，头发从来没有妥妥帖帖在头上过，常在山洼里没死没活地傻笑。家里原有一个驼背的老爹，喜欢养猫，有事没事就用没牙的嘴嚼着馍花，然后喂在猫的口里。他最看不上她的笑，她一笑，老人就磕起丈二长的既作拐杖又作打狗棍的长杆烟袋。做儿媳的偏不在意，要说就说，要笑就笑，咧一嘴白厉厉的牙，奶子一耸一耸的。两年后，驼背老爹下世了，烟峰便拿着回回的事，有人没人就指着骂丈夫的那个红鼻子。三年以后，除了嘴上还是硬活以外，心底里却怯了：因为她不能生个儿子女子来，人面前矮了几分。两口子住在堂屋，这西厦房堆了物什。冬至那天，禾禾就在这里临时住下了。

　　禾禾原本是东沟羊肠洼的人，爹娘死得早，上中学的时候和回回是一个班的。毕业后，去参了军，在甘肃的河西走廊待了五年。复员回来，没有安排工作，回回做媒，上门到洼里半梁上的孙家。本该是一个媳妇，一个一岁的儿子，一家滋滋润润的光景，却吵吵闹闹离了婚，只身一人住在这里来了。住在这里，一切都是临时凑合，家里什么也没有带出来：房是人家的，自然归人家；孩子判给女人，狗儿猫儿却属他，但猫儿跟了他一夜，第二天就跑回去了，只有一条狗，他起名叫蜜子，跟前跟后，表示着忠诚。几十天了，两年以前的独身生活又重新恢复，进门一把火，出门一把锁，日子过得没盐没醋地寡味。他天天盼着下雪，雪下起来，他就可以去打猎了。

已经是两个夜里，他没有敢瞌睡，守着火塘，听河边的响动。河边的沙滩上他下了炸药，但狡猾的狐子并不去吃那鸡皮包裹的药丸。今夜里，他下了最后的赌注，将所有的药丸全部安放在扇子岩下的沙滩，心里充满了极度的惶恐和希望。

一堆干柴很快燃尽了，变成了红炭，红炭又化了白灰。他添上了一堆干柴，烟呼地腾上来，小小的屋里烟罩了一切。一切都暗下来，雪的白光从窗口透入，屋子里似乎又冷了许多。他趴下去，眯着眼睛拼命用嘴吹，忽地火苗蹿上来，越蹿越旺，眼见得松树柴棒上滋滋往外冒着松油，火苗就高高地离开了柴堆，呈现出一种蓝光，蓝光的边沿又镶着了红道，样子很是好看。接着火苗就全附在柴堆上，哔哔剥剥响得厉害。他笨拙地盘起双腿，用手去蘸那松油往脚上的冻疮上涂，松油烫得很，一接触冻疮就钻心地痛，痛里却有了几分舒服的奇痒。后来这一切都安静下来，伸着手，弓着腰，将那颗脑袋夹在两腿之间，享受着火的温暖。

堂屋里，回回已经起来小解了，尿桶里发出很响的咚咚声。他猛地直起腰来，一直听着那声音结束，心里泛上一种酸酸的醋意。堂屋里的两口，是已经在被窝里睡过一个翻身觉了；在那高高的洼地半梁下，他也曾是有这么一个热得滚烫的炕的，孩子也是一夜几次要抱下来解小解的，那在尿桶里的响声里也是充满了一个殷实人家的乐趣的。现在，他却只能孤孤地寄宿在别人的厦子屋里了。

"难道今晚又要落空了吗？"禾禾想着，侧耳再听听扇子岩方向，并没有什么响动。"还没有到时候吧？"他重新坐好，就发觉肚子里有些饥了。是饥了，夜里去放药的时候，他是吃了中午剩下的两碗搅团，几泡尿就全完了。柱子上的那个军用水壶里，烟峰白天给他装满了甘榨烧酒，晚上出门时就喝干了。他环视着屋子，四壁被烟火熏得乌黑而且起了明明的光亮，两根柱子上，钉满了钉子，挂着大大小小的篮子、包袱、布袋、一条军用皮带、一只军用水壶，那就是他的全部日用家当。靠窗下锅台里是一口铁锅，靠里的案板上，堆着盆子罐子，那里边装着他的米、面、油、盐、酱、醋。

过去就是炕，炕后的土台上是几瓮粮食和偌大的一堆洋芋。他走过去捡了几个小碗大的紫色洋芋埋在了火塘边。那高大的身影就被火光映在四堵墙上，忽高忽低，变形变状。他瞧着，突然打起一个哈欠，将手举起来，一个充满四墙的"大"字形就印了上去。他把黄狗拉起来，抱在怀里，黄狗已经醒了，却并没有动，任人抚摸着。

"蜜子，今晚能炸着狐子吗？"他说，"两天了，难道狐子夜里也不出窝吗？扇子岩下明明有着狐子的蹄印啊！"

黄狗依然没有动，软得像一根面条似的。

"你不相信？今晚一定会有收获呢！今晚没有落

雪，那药丸不会被雪埋了的。你跟着我，你要相信我一定什么都会好起来的。"

火塘里的洋芋开始熟了，散发出浓浓的香味。禾禾扒出来，不停地捏，在手里来回倒着，就剥开皮来，一团白气中露出一层白白沙瓤一样的面质。咬一口，是那样可口，但喉咙里却干得发噎。狗就一直看着他。将一块塞在狗的嘴里，洋芋皮却粘在了狗鼻子上，烫得它吱地叫一声。他快活地笑了。

一个洋芋，又一个洋芋，使他连打了几个嗝儿，牙根烫得发麻，从门缝下抓一把雪吞了，又冷得发疼。当第三个洋芋刚刚掰开，沉沉的声音就响了。他立即跳起来，叫道："响了！响了！蜜子，炸着了！"

黄狗也同时听到了，跳在地上，立即后腿直立，将前爪搭在他的肩上。禾禾在火塘里点着了灯，开始戴帽子，扎腰带，将苞谷胡子一层一层装在草鞋里，穿在脚上，脸上充溢着自信和活力，取过背篓、土枪，打开门就走出去了。

二

　　山洼下的平地里，风在滚动着，雪涌起了一道一道梁痕。洼口下是一个深深的峡谷。平日里，溪水从这里流下，垂一道飘逸的瀑布，现在全是晶莹莹的冰层了。蜜子站在那里，头来回扭着，四爪却吸住了一样直撑着。禾禾喊了它一声，它还是迟疑不动，自己就寻着冰层旁边的石阶一步一步往下走。风似乎更大了，雪末子打在脸上，硬得像沙子。而且风的方向不定，一会儿向东，一会儿向西，扯锯地吹，禾禾脚下就有些不稳了。他后悔出门的时候，怎么就忘了在草鞋底下缠上几道葛条呢？就俯下身子，把土枪挂在肩上，将背篓卸下来一手抓着，一手拉冰层旁的一丛什么草。草已经冰硬了，手一用劲，就嚓地断了茎，哗啦一声，身子平躺在冰层上。"蜜子！"他大声叫了一下，背篓就松了手，慌乱中抱紧了土枪，从冰层上滚下去了。

等他清醒过来的时候，他是长长地摆在峡谷底的雪窝子里，蜜子正站在他的头边，汪汪地叫。他爬起来，使劲地摇着脑袋，枪还在，背篓就在前边不远的地方。蜜子的叫声引动了远处白塔镇上那公社大院里的狗，那狗是小牛一样肥大，吼起来像一串闷雷。

"蜜子，蜜子，你是怎么下来的？"

禾禾拍蜜子的脑袋，笑得惨惨的，小声骂着，从峡谷蹚出去。

公社所在的白塔镇，是这里唯一的平坦地面。镇子的四边兀然突起的四个山峰，将这里围成一个瓮形。那瓮底的中央，早先仅仅建有一座塔，全然的白石灰石砌成。月河从秦岭的深处流下来，走了上千里路程，在离这里八十里远的瘩子坪开始通船，过七十七个险滩，一直往湖北的地面去了。如今月河水小了，船不能通航，只有柴排来往，上游的人在上边驮了桐籽、龙须草、核桃、柿饼，或者三百二百斤重的肥猪运往下游贩卖，而下游的则见天有人背着十个八个汽车轮胎，别着板斧、弯镰到上游的荒山里砍伐柴火、荆条，扎着排顺河而下。公社看中了这块地方，就在六年前从喂子坪迁到这里。围着白塔，开始有了一排白墙红瓦又都钉有宽板檐头的大房子，这里渐渐竟成为一个镇了。

镇子落成，公路修了进来，花花绿绿的商店，出售山里人从来没有见的大米饭的饭店，却吸引了方圆几十里的人来赶集。久而久之，三、六、九就成了赶集的日子，那白塔身子上，大槐树上，两人高的砖头院墙上，贴满了收购药材、皮革的各式布告，月河上就有了一只渡船。禾禾三年前复员，是坐着一星期一次的班车回来的。而两年前结婚的那天，来吃他们宴席的三姑六姨就是穿红袄绿裤子坐了那渡口的船过来的。

现在，月河里一片泛白。河水没有冻流，两边的浅水区却结了薄冰，薄冰上又驻了雪，使河面窄了许多。而那条渡船就系在一棵柳树下，前前后后被雪埋着，垂得弯弯的绳索上雪垒得有半尺多厚了。禾禾茫然地往船上看了一会儿，就急急沿着扇子岩下往前走。他细细地察看雪地上，果然发现有了各种各样走兽的蹄印。这蹄印使他来了精神，浑身感觉不到一点寒冷。他分辨着昨晚下药的位置。但是，在几个地方，并没有发现被炸死的狐子，反倒连安放的药丸也不见了。他在雪地里转着，狗也在雪地里转着。

"莫非有人捡了我的猎物？"

他尽力睁开眼睛，搜索着河滩，远近没有一个人影。风雪偶尔旋起来，下大上小，像一个塔似的，极快从身边呼啸而过。他放下背篓，在背篓口里划着了火柴，点上一支烟。烟对他并没有多大的吸引力，只是在愁闷不堪的时候，才吸上一支，立即就呛得咳嗽起来。这时候，蜜子在远处汪汪地叫着。

他走过去。蜜子在一个雪堆旁用爪使劲刨着。他看清了，雪堆上出现了一根鸡毛，小心翼翼刨开来，里边竟是他的鸡皮药丸。

"啊，这鬼狐子！真是成了精了？"

他蓦地想起父亲在世时说给他的故事。父亲年轻那阵就炸过狐子，告诉说世上最鬼不过的是这种野物，它们只要被炸过一次，再遇见这种药丸便轻轻叼起来转移地方，以防它们的儿女路过这里吃亏上当。

"蜜子，这是一只大的呢！"

大的欲望，使禾禾的眼光明亮起来。他重新埋好了药丸，继续随着蹄印往前走。雪地里松软软的，脚步起落，没有一点声息。蜜子还是跑前奔后地履行自己的职责。禾禾的脑子里迅速地闪过几个回忆。他想起几年前在河西走廊，天也是这么辽阔，夜也是这么寒冷，他和一位即将复员的陕西乡党坐着喝酒话别，乡党只是嘤嘤地哭。他说：

"多没出息，哭什么呀？"

乡党说：

"咱们从农村来，干了五年，难道还是再回去当农民吗？"

"那又怎么啦？以前能当农民，当了兵，就不能当农民了？"

"你是班长，你不复员，你当然说大话！"

"我明年就会复员。你家在关中，那是多好的地方，我家还在陕南山沟子哩。"

"你真的愿意回去？"

"哪儿不是人待的？"

他想起了分包地的那天，他们夫妻眼看着在地畔上砸了界石，在一张合同书上双双按了指印，当第二天夜里的社员会上，他们抓纸蛋儿抓到那头牛的时候，媳妇是多么高兴啊，一出公房大门就冲着他嘎地笑了一声。

"你的手气真好！"

"我倒不稀罕哩。"

"去你的！"

但是，正是这头牛带来了他们家庭的分裂……

"咳，动物是不可理解的，即使人和人也是这么不能相通啊！"

禾禾胡乱地想着，一股雪风就搅了过来，直绕着身子打旋。他背过身去，退着往前去，感到了脸上、脖子上冷得发麻，腿已经有些僵直了，只是机械地一步一步向前挪动，想站住也有些不可能了。差不多这个时候，他听见了不远的地方有着微微叫声。扭头看时，在一块大石后边，倒卧着一只挣扎的狐子，样子小小的，听见了脚步声，惊慌地爬动着。禾禾站在那里，猛然有些吃惊了。忙要近去，却突然从前边的雪地里跃起一只特大狐子来，腿一瘸一瘸地向前跑去，在离他五丈远的地方停下来，一声紧一声地哀叫。

"蜜子，快！"禾禾一声大叫，向那老狐子追去。老狐子同时也瘸着腿向前蹿去。雪地上就开始了一场紧张、激烈的追捕。那狐子毕竟比禾禾跑得快，比蜜子也跑得快，很快拉开了距离，就卧在前边又一声声叫得更凄厉了。等他们眼看要追上时，那鬼东西又极快地向前跑去，这么停停跑跑，一直追过河滩，狐子跑到山上。山上的雪很厚，狐子三拐两拐的，常常就没了踪影，但立即又出现在前面。禾禾已经累得大口喘气，越追越远，就越不愿意半途而废了。末了追上一座山坡，山坡上是开垦种了红薯的闲地，雪落得整个山头像一个和尚的脑袋，眼前的狐子却无论如何找不着踪影了。禾禾坐在雪窝里，大口大口喷着热气，那热气却在胡子上、眉毛上结成了冰花。蜜子也一身是雪，每一撮毛都吊着冰凌串儿，扬着头拼命地向山头上咬。山头的雪地里，狐子又出现了，它像得意的胜利者，在那里套着花子跳跃，完全看不出腿是受伤的了。

到这个时候，禾禾才意识到这狐子的瘸腿原来是伪装的：它是为了保护那只受伤的小狐子，才假装受了伤将他们引开。他一时脸上发烧，感到了一种被捉弄和侮辱的气愤，取下土枪，半跪在雪地里，瞄准了那老狐子，叭的一声，黎明的山谷里一阵回响，枪的后坐力将他推倒在雪地里。爬起来，枪口还冒着硝烟，雪地上却并没有倒下一只什么东西来，而在山头更远的地方，那只老狐子又在撒欢了。

禾禾站在那里，羞愧得浑身发冷，手脚不听使唤了。看看东边山上，天空清亮了许多，远远的白塔镇上隐隐约约显出着轮廓，塔下的小学校里，钟声悠悠地敲起来了。

"他妈的！"他骂着狐子，也骂着自己，就脚高步低地往山下走，狗也懒得去招呼一声了。

他开始从河滩最上处往下收药，因为白天狐子是不会出来的，而药又会误伤了行人。但是，就当他在一块大石后收取一颗药丸时，意外地却发现了一道血迹。转过石后，在雪地倒卧着一只没尾巴的狗：已经昏迷了，身子在动着，下巴全然炸飞，殷红的血在雪上喷出一个扇面。禾禾猛然意识到夜里听到的是两声爆炸声。

"倒霉！"

他踢了伤狗一脚。狐子没有炸着，反炸着了狗，要是这狗的主人知道了是他炸死的，那又会发生什么吵闹呢？他忙将狗提起来，扔在了背篓，急急要趁着天明之前赶回家去。

"权当是要吃狗肉来的。"他安慰着自己。

三

当禾禾满头大汗背着昏迷不醒的伤狗回到鸡窝洼里，回回两口子早已起来了。这家人是洼里最富裕又最勤苦的，一年四季，没有睡懒觉的习惯。分包地正合了他们的心境，每料庄稼第一个下种，第一个收停碾净。家里喂了三头猪、十八只鸡，过着油搭面的好日子。烟峰提了便桶去厕所倒了，过来看见西厢子房的门被风刮开，喊几声"禾禾"，没有应声，知道又去河滩收药了，就自个抱了扫帚扫起门前屋后一夜风扬过来的雪沫。

回回从炕上爬起来，靠在界墙上，摸索着烟袋要吃烟，又大声叫喊着寻不见火绳。烟峰从台阶上的檐篦子里抽出一截苞谷胡拧成的火绳，隔窗格塞进去，说：

"眼窝一掰开就是吃烟，你熏吧，一张嘴倒比个炕洞冒的烟多！"

回回在炕上打着哈欠，回应道：

"不吃烟吃荷包蛋行不行？夜里下雪了吗？"

烟峰说：

"雪倒没下，干冷干冷的。你睡吧，饭好了我叫你。"

回回说：

"你说得轻快，冬天地里没活了，我得尽早去白塔镇上淘粪呀！昨日早上，那麻子五叔倒比我去得早呢！"

"穷命！"烟峰把鸡窝门打开，拌了一木盆麦麸子在门前让鸡啄起来，"现在地分包了，你也是没一天歇着。去就去吧，回来到那河里，把手脸、粪铲洗得净净的，别让人看了恶心！"

回回过足了烟瘾，提着裤子走出来，一边看着天的四边，唠叨天要放晴了，一边裹紧了丈二长的蓝粗布腰带，挑着粪担出门去了。

白塔镇上的公家单位，厕所都在院墙外边，公家干部没有地，厕所里从来不掺水。地分包了以后，附近几个洼的人家就见天有人来淘粪。最积极的倒算得上是回回了。

回回一走，烟峰就开始在门前的萝卜窖里掏萝卜，大环锅里煮了，小半人吃，大半猪吃。然后再去屋后雪堆里拉柴火，把火塘烧旺。她家的火塘不在当屋脚底，而在门后：挖很深的坑，修一个地道，火热便顺着地道通往四面夹墙上、炕上，满屋子里就一整天都热烘烘的了。一切收拾得停停当当，才听见山洼子里的人家，有木栅门很响的打开声，往外赶鸡撵猪声，或者为小儿小女起床后的第一泡粪而大嗓门叫喊狗来吃屎的吆喝声。她就要推起石磨了。

电是没有通到这里的，一切粮食都是人工来磨。但别的地方的大磨大碾，这地方依然没有，他们习惯尺二开面的小石磨，家家安一台在屋角。力气大的，双手握了那磨扇上的拐把儿转；力气怯的就在拐把上再安一个平行的拐杆，用绳子高高系在屋梁，只消摇动那拐杆，磨盘就一圈一圈转起来了。可怜一次磨一升三升。一年四季，麦、豆、谷、菽，就这么一下一下磨个没完没了。

烟峰过门五年来，差不多三天两头守着这石磨。当第一天穿得红红绿绿进了这家门槛，一眼就看见了锅台后那座铺着四六大席的土炕和墙角的那台新凿得青青光光的石磨。她明白这两样就是她从此当媳妇的内容了。五年里，夜夜的热炕烫得她左边身子烙了换右边，右边身子烙了换左边，那张四六大席被肉体磨得光溜溜、明锃锃的，却生养不下一男半女。她没本事，尽不到一个女人的责任。那石磨却凿一次磨槽，磨平了，再凿一次，硬是由八寸厚的上扇减薄到四寸。现在只能在磨扇上压上一块石头加强着重量。

她烦起这没完没了的工作。每每看见白塔镇上的商店里、旅社里、营业所里的女人们漂漂亮亮地站在柜台前、桌子后，就眼馋得不行。她恨过生自己的爹娘，恨过常常鼻子红红的回回，末了，她只能恨自己。地分包了以后，庄稼由自己做，她就谋算着地里活一完就会轻松自在了，可这顿顿要吃饭，吃饭又得拐石磨，她还是没一刻的空闲。每每面瓮里见了底，她就发熬煎：天天拐石磨？！回回总要说："天天拐石磨，那说明有粮食嘛，有啥吃嘛！"可是，有了吃就天天拐石磨吗？人就是图个有粮吃吗？烟峰想回顶几句，又说不出来，因为多少年来吃都吃不饱，她怕回回说她忘了本。

她低着头，只是双手摇着那拐杆，脑袋就越来越沉，却不能耷拉下去，必须要一眼一眼看着那磨眼的粮食。她突然觉得那石磨的上扇和下扇就像是天上的太阳和月亮：太阳和月亮见天东来了，往西去，一年四季就过了；这上扇和下扇的转动，也就打发了自己的一天一天的光阴。她"唉"了一声，软软地坐下去，汗水立时渗出了一脸一头。

门外边，一阵很响的脚步声，接着没尾巴的蜜子跑进来，带了一股寒气。她脸上活泛开来，一边放下拐杆，一边用手拢头上的乱发，叫道：

"禾禾，你是疯了吗？这么一天到黑地跑，还要不要你的小命儿了？你厦屋塘里的火早灭了，快上来烤烤吧！"

门外依然没有回声，什么东西放下了，咚地一下。禾禾悄没声进来，热气一烘，浑身像着了火似的冒气。

"炸着了？"

"炸着了。"

"好天神，我就说天不亏人，难道还能让你上吊了不成？果然就炸着了！我昨日去镇上收购站打问了，现在一等狐皮涨价到十五元了！"

"狗皮呢？"

"狗皮？！"

烟峰跑出来，"呀"地叫了一声，就坐在门槛上了。那只伤狗已经在台阶下醒了起来，哼哼着，血流了一摊。

"我的爷，你这是怎么啦，这是谁家的狗，你不怕主人打骂到门上来吗？"

"它碰到我的药丸上了。咱吃了它吧，有人来找，我付他钱好了。或许这是从外地跑来的游狗哩。"

禾禾开始抄着棒槌打伤狗，好不容易打死了，要去剥皮时，那狗又活了过来。这么三番五次打不死，烟峰叫道：

"狗是土命，见土腥味就活，你吊起来灌些冷水就死了。"

禾禾把狗吊起来，灌下冷水，果然一时三刻没了命。剥了皮，钉在山墙下，肉拿到屋后的水泉里洗了，就生火煮起来。

狗肉煮到六成，香气溢出来，禾禾压了火，让在吊罐里咕咕嘟嘟炖着，便到堂屋帮烟峰拐石磨。烟峰在磨眼里塞了几根筷子，一边懒洋洋地摇着，一边歪过头，从屋里往外看着蜜子在篱笆前啃着同类的骨头，而钉在厦房山墙上的狗皮上，一群麻雀飞上去，轰地又飞走了。

"这张皮子不错，冬天的毛就是厚呢。"她说着。磨眼里已经空了，筷子跳得嘣嘣响。

禾禾说：

"嫂子，你要觉得好，你就拿去做一个褥子吧。"

烟峰说：

"你倒大方！我可是阎王爷嫌你小鬼瘦啊。"

禾禾脸红红的，说：

"嫂子小看我了。我禾禾再狼狈，也不稀罕那一张皮子。凭着我这一身力气，我倒不相信积不下本钱去养蚕哩。"

烟峰放下石磨，收拾面粉，开始在锅灶上忙活，说：

"你还是忘不了你的养蚕！不是养蚕，你也落不到这步田地！"

烟峰这么抢白，禾禾就噎得不说话了。他复员后的一半年里，曾经去过安康。在安康的一个县上，他发现那里的人家整架山整架山地植桑养蚕，甚至竟还放养柞蚕，缫丝卖茧，收入很高。回来就鼓动着生产队里也办蚕场。但是队里人压根儿不理睬，盛盛的一颗心就凉凉的了。地分包以后，他便谋算着自己养蚕，因为没有桑林，就筹划放柞蚕，但本钱很大。为了积得一笔钱，他先是三、六、九日到白塔镇集上烙油饼出卖，媳妇那时正怀着身子，帮他烧火洗碗。卖过三天，买主吃的竟没有自家尝的多，只好收了摊。后来他就又借钱上县买了一台压面机，四处鼓吹机面的好处。可深山人吃惯了丢片，谁家又肯每顿去花一角钱呢？只是偶尔谁家过红白喜事，三姑六舅坐几席，才来压四升五升面，只好又收摊。收了摊，转手压面机又转不出去，百十多元的机子就成了一堆烂铁放在那里白占个地方。这么三倒腾两折腾，原本英英武武要赚钱，反倒折了本，又惯得心性野起来，在家坐不住，地里的庄稼也荒了。媳妇一气，孩子就提前出了世，月子没有满，两口子就吵闹了七场，哭哭啼啼地要离婚。有了儿子，家里又添了一张嘴，讨账的见天来催，开始倒卖起家里的财物。越是家境败下去，越要翻上来，禾禾就偷偷卖了那头牛，一心想要去养蚕了。结果夫妻更是一场打闹，离了婚。

"嫂子。"禾禾闷了好长一会儿，说，"我禾禾是败家子吗？要是那笔牛钱真按我的主意办了，现在说不定蚕都养起来了，人家安康那地方，一料蚕的收入把什么都包住了。"

烟峰说：

"或许是我们妇道人家见识浅，这也怪不得麦绒，原先一个好过的人家，眼见折腾得败了，是谁谁也稳不住气了。禾禾，下这场雪，你没有去看看他们娘儿俩吗？"

"我那么贱的？"

"一夜夫妻百日恩嘛，那孩子总还是叫你亲爹吧？"

"嫂子，不说了。"

禾禾蹲在门槛上，又开始摸烟来抽。他没有想那长得白皙皙的从小害有气管炎的妻子麦绒，倒满脑子牛牛——他的肉乎乎的小儿子。

烟峰在锅台上，碗和勺撞得叮当响，说：

"你听我的，这狗皮一干，你去镇上让人熟了，就送给麦绒去做个褥子，拉拢拉拢，说不定真能又合起婚。现在的女人没有闲下的，要叫别人又占了窝了，你打你一辈子光棍去！"

"谁看上谁娶去，我光棍倒乐得自在呢。"

"你才是放屁了！"烟峰说，"要说会过日子呀，这鸡窝洼里还是算麦绒。"

"她能顶你一半就好了。"

"我？"烟峰倒咯咯地笑了，"你回回哥老骂我是个没底的匣匣呢。我又生养不下个娃娃，仅这一点，谁个男人的眼里，我也不在篮篮拾了！"

她说起来，脸倒不红不白的。说毕了，笑够了，就骂着锅上的竹水管子朽了，摆弄了一时，性子就躁起来，将竹子管抽下来摔在地上。

"我去重做一个。"禾禾提了弯镰到门前竹林去了。

在鸡窝洼里，最方便的莫过于水了，家家屋后紧挨着一个石坎或者岩壁，那石缝里，长年滴滴咚咚流着山泉，泉水又冬暖夏凉，再旱也不涸，再涝也不溢。家家就把一根长竹打通关节，从后墙孔里塞出去，一头接在那泉上，一头接在锅台上。要用水了，竹管往里一捅，水就哗哗流在锅里；不用了，只消把竹管往外拉拉，水就停了。适用的倒比城里的水龙头还强。禾禾刚刚砍下一根长竹，回回挑着粪担回来了，还没走近篱笆，就凑着鼻子，叫道：

"做的什么好的，这么香哟！"

"炖的狗肉。"禾禾过来说，就用一截铁丝打通着竹管。

"狗肉？"回回将粪倒在厕所里，"把蜜子杀了？"

禾禾小声地说了原委，回回就说：

"怕什么，谁要寻到门来，咱还要问他讨药钱哩。哈，这么大张狗皮，多少钱，卖给哥吧？"

烟峰出来骂着：

"你什么都想要，那是禾禾给麦绒做褥子的。"

回回落了个烧脸，却立即对烟峰说：

"给麦绒就给麦绒吧。我只想给娘娘神献张皮子，人家都送着红布，皮子比红布要珍贵，好去替你赎赎罪呢。"

烟峰听了，倒火了，说：

"我有什么罪了？我就是不会生娃嘛，我还有什么罪？！"

"不会生娃倒是赢了人了？"回回脸上不高兴起来，那红鼻子越发红亮，像充满了血。

"你又到求儿洞去了？"

"我怎么不去，我快四十的人了啊！"

"你去吧，你去吧！"烟峰一屁股坐在门槛上，气得呼哧呼哧的。黄眼睛的猫就势跳到她的怀里，她一把抓起来甩出老远，起身进堂屋去了。

禾禾十分为难起来，他不知道该去劝哪个。当下把打通了的竹管架在锅台上，就两头讨好地说些趣话，接着就去自己屋里盛了狗肉端上来，大声叫着来吃个热火。烟峰气也便消了，对着吃得满口流油的回回说：

"你红口白牙地吃人家，也不会把你的酒拿出来！"

回回只好做出才醒悟的样子叫道：

"噢噢，吃狗肉喝烧酒，里外发热，我怎么就忘了！"

四

　　吃早饭的时候，烟峰把禾禾叫到堂屋，盛了糁子糊
糊让他和他们一块吃。饭桌上，烟峰就数说着禾禾，就这
么个单身日子可不是长久的事，如果折腾没有个出路，早
早就收了心思，好生安心务庄稼为好。回回就接着说了镇
子方圆人的议论：地分包以后，家家日月过顺了，只有禾
禾反倒不如人，落得妻离子散。烟峰便又过来责怪回回：
当年做了一场媒，吃了人家的媒饭，穿了人家的媒鞋，反
倒现在撒手不管了。回回就黑着脸埋怨禾禾全是在外边逛
得多了，心性野了，把他的话当了耳边风。两口子你一句
我一句。禾禾端着人家的饭碗，脾气又不好发作，吃过两
碗，就抱着头不作声。烟峰就逼着回回吃过饭后，拿串狗
肉去麦绒家劝劝，看能不能使夫妻破镜重圆。回回就当下

要禾禾回话：往后安心种庄稼呀不？禾禾说：

"回回哥，我真的是个浪子吗？那三四亩薄地里，真的能成龙变凤吗？"

回回说：

"我就不信，你把那三四亩地种好了，养不活你三口人？！"

"那就只顾住一张嘴？"

烟峰就唬道：

"正应了心比天高，命比纸薄！我也倒想活得像镇上公家单位里的女人那样体体面面的，可咱那本事呢？你还想要老婆不要？你什么也不要说了。让你哥捏合你们一家人浑全了，再说别的吧！"

吃罢饭，回回就提了狗肉去洼地半梁上的麦绒家去了。

麦绒家是这洼地里最老的户，父亲手里弟兄三个，但都没有一个儿子，麦绒爹生养了两个女儿，一个出嫁到后山去了。三户就合作一户，招了禾禾，冬至日，两人正式离了婚，麦绒关了门，常常看一眼父母的牌位，看一眼怀中的小儿子，就放着悲声哭一场。下雪的那天夜里，儿子又害了病，烧得手脚发凉，她吓得连夜抱了儿子到镇上卫生所打了一针。几天来，病情并未好转。家里的麦面又吃完了，去拐石磨，磨槽平得如光板，镇子对面洼里的石匠二水就来凿磨子。

二水三十八九了，为人很有些机灵。前几年因为家贫，一直没能力婚娶。地分了二亩，粮食多起来，就四处托人要成全一个家。他本来凿磨子的功夫并不怎样，却打听到麦绒刚刚离婚，心眼就使出来，找着上门显手艺。凿了一晌，又是一晌，一边叮叮咣咣使锤子凿子，一边问这问那，百般殷勤，眼光贼溜溜地在麦绒的脸上、腰上舔着。娃娃有了病，一阵一阵地哭，麦绒侧了身子在炕沿哄娃娃吃奶，他就过来取火点烟，说着娃娃眉脸俊秀，像他的娘，末了又说：

"快吃奶，奶奶多香哩！"

麦绒忙掩了怀，放下娃娃来烧火，心里扑扑通通跳，又不好说出个什么来。

二水看出了女人的害羞，只当全不理会。瞧见麦绒去拉柴火，就抢起长把斧头在门前劈得碎碎的；瞧见麦绒要喂猪，就一只胳膊把猪食桶提到猪圈。看着他的乖巧，麦绒心里就想起禾禾的不是，感慨着这田里地里，屋里屋外，全要落在自己操心，不免短叹一声，二水偏就要说：

"麦绒妹子，麦地里你撒过二遍粪了吗？"

"没。"

"过冬的柴火收拾齐了吗？"

"没。"

"你这日子过得哟！你瘦脚细手的，娃娃又不下怀，这里里外外的怎么劳累得过来呀！"

麦绒眼泪差不多就要流下来了，却板着脸面说：

"你快凿你的磨子吧！"

二水便将凿好的上扇和下扇安合起来。但是，磨提儿坏了，上扇配不着下扇，自言自语地说：

"唉，一台石磨也是一对夫妻呢，上扇下扇配合在一起，才能磨粮食呢。"

这当儿，回回提着狗肉进了门。二水先吃了一惊，立即就咧嘴笑笑，蹲在一边重新收拾石磨去了。麦绒欢喜地说：

"回回哥来了！多少日子了，也不见你上来坐会儿。今日是杀了猪了吗？"

回回说：

"麦绒真是眼睛不好使了，这哪儿是猪肉，这是禾禾搞来的狗肉。说是你有气管炎，给你补身子呢。"

麦绒别转了身，说：

"瞧他多仁义！我补身子干啥，我盼气管炎犯了，一口气上不来死了呢。"

"大清早的别说败兴话！"

孩子又哭起来，手脚乱抓乱蹬。麦绒解怀让嗑了奶，一只手去门前抱了柴火，生火烧水，又从柜里取出四颗鸡蛋。虽然同住在一个洼里，因为回回当年做的媒人，所以以后任何时候来了，开水荷包蛋总还是要吃上一碗的。回回说：

"你别张罗了！我还有什么脸面吃得下去！我好赖还住在洼里，你们这么一离婚，故意给我的难看，成心是不让我再到你们家来嘛。"

麦绒只是烧她的火，风箱一下长、一下短地拉送，说：

"我盼不得这个家好呢，可我有什么办法？我爹留下的这份家当，总不能被踢腾光呀？我不怪你，只当是我当日瞎了眼窝。"

水还未烧开，鸡就跑进来，跳到灶台上、案板上、炕头上，麦绒拿起一个劈柴打过去，鸡扑棱棱地从门里飞出去了，猪却在圈里一声紧一声哼哼起来。

麦绒就将鸡蛋打在锅里，提猪食桶去猪圈，灶火口的火溜下来，引着了灶下的软柴。回回踏灭了火，接过孩子，说：

"唉，你这日子倒怎地过呀！"

麦绒坐在猪圈墙上，眼泪也滴了下来，拿起搅食棍使劲地在猪头上打。

二水便说：

"回回哥，这屋里不能没个外头人啊，你怎么不给麦绒再撺掇一个呢？"

回回看出了他的意思，就说：

"麦绒不是有禾禾吗？"

"那浪子是过日子的人手？"

"你别操那份闲心，禾禾能把狗肉给买回来，他心里早回头了。你说这话，可别让禾禾知道了，抢你的拳头！"

"我说什么来？我什么也没说呢！"

荷包蛋端上来，回回一碗两颗，二水也一碗两颗。回回问二水磨子凿了几晌了，二水支支吾吾说是三晌了，回回黑了脸。

"你是来磨洋工的？吃了鸡蛋你走吧，磨提我来安。"

二水红了脸，捞着鸡蛋吃了，泼了汤水，自个就下山走了。回回对麦绒说：

"谁叫你请他，你不会喊我一声吗？那是老光棍了，没看出那肚里的下水不正吗？"

"我怎么去叫你，我不愿意再见到禾禾。"

"今日我就为这事来的。禾禾住在我那儿，我们一天三晌数说，他心是回转了，我看你们还是再合一起的好。"

"回回哥，我日子是不如人，我爹在世的时候，托你给我们做的媒，我现在也只有找你。你看哪儿有合适的，你就找一个，人才瞎好没说的，只要本分，安心务庄稼过日子。"

"我看还是禾禾。你再想想。毕竟过了一场，又有了孩子，只要他浪子回过头，倒比别人强得多。"

麦绒抱着孩子，靠在灶火口的墙上一动不动，末了就摇起头，眼泪又无声地流了出来。

回回看着这个样子，心里也不好受起来，恨禾禾害了这女人。鸡窝洼里，麦绒是一副好人才，性情又软和，又能生养儿子，却这么苦命，真是替她恓惶。当下鼻子显得更红了。

"家里有什么事，你就给我说。禾禾的事你再想想。好好照看住孩子，孩子病好些了吗？"

"打了几针柴胡，烧有些退了，夜里还是愣哭。"

"这怕是遇上夜哭郎了！我给你写一张夜哭郎表，你贴在镇上桥头的树上，或许就会安宁了呢。"

当下找出一张旧报纸，麦绒翻出禾禾当年从部队上拿回的一支铅笔，回回写了表：

天皇皇，地皇皇，

我家有个夜哭郎，

过路君子念一遍，

一觉睡到大天亮。

写好了，回回走出门，麦绒让把那狗肉带回去，回回虎着脸让留下。走过猪圈，瞧猪圈里粪淤得很深，直拥了猪的前腿，便跳下去用锨出了一阵，感动得麦绒心里说：唉，烟峰姐活该有福，不会生养孩子却有这么好的男人！

040

五

回回的劝说没有成效，便死了禾禾想夫妻重归于好的一线希望。就将西厦子屋扫了灰尘，搭了顶棚，用白灰又刷了一遍，准备长时间地在这里借居了。

连续三个晚上，他又放了红丸，收获的仅仅是一只小得可怜的狐子。下一步怎么办，禾禾对这种捕猎产生了动摇。但是，吃的穿的，日用花销，却不能不开支，身上的钱见天一个少出一个了。冬天里还会有什么生财之路呢？他着急，回回和烟峰也为他着急。

一天，太阳暖暖的，阴沟里的积雪也消尽了，禾禾一个人坐在洼底那道瀑布上的阳坡里晒着；百无聊赖，就盯着瀑布出起神来。瀑布恢复了它修逸的神姿，一道弧线的模样冲下去，在峡谷的青石板上跌落着，飞溅出一团一团白花花的水沫。

二水咿咿呀呀地唱着，顺着石阶走上来：

　　　妹在家里守空房，

　　　哥哥夜夜想恓惶。

　　　……

一扭头，看见了禾禾，后边的曲子咽在肚子里了，脸唰地红成猪肝。

"二水，你这要到哪里去呀？"

"我，我到洼里转转，我不到哪儿去呀。"

"想是去找个老婆了？"

"禾禾，这没有的事！我二水再没见过女人，也不会干出对不起你的事呢。我是什么角色，谁会看得上我了？"

二水颓废地坐在地上，冻得清涕流下来，挂在鼻尖上，用手一抹，擦在衣襟上。禾禾突然同情起二水来：他近四十的人，自小没爹没娘，在这个世界上，他有的是一百三十斤的分量，有的是一米七二的高度，苦，累，热，寒，以及对异性的要求。但却偏偏少了人活着如同阳光、水分一样不可缺少的爱。

"你还打石磨吗？"

"打的，你是不是也要一个呢？我不向你要钱，也不要你管饭，我给你打一个吧？西沟那一带卖豆腐的人家，哪家豆腐磨子不是我打的呢？"

卖豆腐？禾禾心里忽然动了起来：如今白塔镇上的公家单位越来越多，山里农民的粮食多了，吃喝上又都讲究起来，这做起豆腐，一定也是桩好买卖呢。

"二水，你给我打一个豆腐磨子怎么样？该多少钱，就多少钱，一个钢镚儿不少！"

二水果然服帖，当天下午就在家里动起手了，整整两天两夜，他将一台青石豆腐磨子背到了西厦子屋。禾禾也从镇上籴来了几斗黄豆，当下泡了，呼呼噜噜磨起来。

回回先是吃了一惊，接着就高兴了：

"禾禾这下倒下苦了，虽说也是倒腾的事，毕竟是实实在在的活啊！"

烟峰却皱着眉，嘴里不说，拿眼睛看禾禾怎么个干法。

做豆腐可真是一件累死人的活计，亏得禾禾一身好膘，五升豆子从下午磨到后半夜。先是转得如玩儿一样，慢慢就沉重起来，鸡一上架，他就懒得说笑，牙子咬得紧紧的。被水泡着的豆瓣用一个牛角勺儿不停地往磨眼里灌，白浆就肆流出来，盛满了一只木桶。

回回黄昏时到地里去了，天黑得不认人了才回来。麦苗出土以后，他早晨提半桶生尿去泼，下午担一担柴火灰去撒，离了地就像要掉了魂。

烟峰在堂屋里拧麻线绳儿，吱咛咛，吱咛咛，在拧车子上拧出单股儿，就挂在门环上，一边退着步拉着，一边还是摇着拧车子上劲，头一晃一晃的，优美得倒像是在做舞蹈。斜眼儿瞧见禾禾在厦房里满头汗水拐磨子的样子，就哧哧地笑。

"兄弟，缓缓来，心急吃不了热豆腐哩！"

放下线绳儿就走过来，将一双胖得有肉窝儿的白手放在禾禾的手上，握住石磨拐把，成百上千次地重复着石磨的圆。

"屎难吃，钱难挣哟。"她说，"下辈子托生，再不给农民当老婆了，苦到这农民就不能再苦了。"

"我只说女人家是厮守石磨的，没想我也干上了。"

"男不男女不女的，日子也够糟心了，爷佬保护你这回真能发了。"

两个人坐下来歇气，累得脖子都支不起来。

半夜里，三个人都忙着烧水，过包，厦子房里被烟罩着，呛得人不住地咳嗽。烟峰连打了几个喷嚏，每打一次便弯着眉眼跑到门外，惹得回回骂几句娇气。在屋梁上系过包十字架，她又盖了锅，顶了手巾，去扫屋梁上的灰，回回又唠叨穷干净，她就火气上来了，木勺在锅沿上一磕，说：

"你浑身哪怕是从土窝里才爬出来，我懒得说你了。这豆腐是清净东西，见得灰吗？你好生烧好你的火，豆腐锅上还见不得你那一双脏手呢！"回回没有恼，火光涂照在脸上反倒笑了。禾禾就说：

"嫂子真够厉害，亏是回回哥，要是别人，每天打你几顿呢。"

烟峰说：

"打我作甚的，我除了不生娃，哪一样让别人挑剔过？"

豆腐浆在纱包里过滤起来，一盆又一盆，三个人六只手来回晃动着那十字架上的纱包。没想，正紧火着，嘣的一声，十字架上的绳却断了，哐地掉在锅里，将豆浆水打溅了一锅台。烟峰紧捞慢捞，手又被烫了，三个人都傻了眼。

"霉了，霉了！怎么能遇这事呢？"

"五六斤豆腐是没了！"

这回是烟峰的过错，两口子就吵起来。禾禾忙挡架了，舀出一勺酸菜浆水让烟峰受烫的指头伸进去，就只是笑着。重新系好绳，重新又一盆一盆过包，一直又忙到豆腐点在锅里了，都没有说话。两口子就上堂屋睡去了。

多后半夜，豆腐做了出来。禾禾端了一碗调好的豆腐块，去敲堂屋的窗子，回回开了，问怎么啦，禾禾说：

"做出来了，你快吃一碗吧。"

烟峰拉过回回，哗地关了窗说：

"禾禾，他睡着了还吃什么呀？过包时糟蹋了那么多，你又这个吃那个吃，还卖钱不卖钱！"

禾禾说：

"挣钱不挣钱，落个肚肚圆嘛！"

回回也在说：

"算了，禾禾，夜里吃了我胀得睡不下呢。"

第二天，正好是十三逢集，禾禾就担着豆腐到白塔镇去了。镇上的人很多，卖什么的都有。公社大院里的那些小干部们，平日事情不多，又都是从县上、区上两年一换地到了这儿，一天到黑见的人少，心闷得慌慌的，所以三天一次的集，他们是最喜欢这热闹的了。瞧见禾禾在卖豆腐，觉得稀罕，就围过来，说这豆腐好，又细，又压得瓷，没有掺水，也没有搅白苞谷面。

"禾禾，你不打猎了吗？"

"还打的。"禾禾说。

"听说你炸着了一只狗，狗皮卖了吗？"

"不卖。"

"你留着干啥呀？"

"不干啥。"

他有一句没一句地回答着这些人的闲问，拿眼睛盯着过往的人。他没有学会大声地叫卖，而是有人稍稍往这边瞅上一眼就要问一声："买豆腐吗？你来看货啊！"

那些干部又在闲问了：

"禾禾，你现在手头有了多少钱了？"

"不多。"

"这么倒腾着能发家吗？"

"试吧。"

"'先让一部分人富起来'，你快富吧，好让公社树上典型都来学呀！"

禾禾没有言语，心里说：我巴不得明早起来就富裕了，可怎么个富呢？

"你还住在回回家吗？"

禾禾不愿意别人提说这事，就不再作声了。那些人感到了没趣，就走到别的地方去混热闹了。禾禾看着他们的背影，叹了一口气：唉，地包产到户以后，把这些人闲下了。哼，有这么多磨闲牙的工夫，怎么不回家给老婆抱娃去呢？枉拿了那一份工资！他一口唾沫吐出来，远远地落在一堵墙上，脸上随即堆起笑来：几个买主走过来了。他刀法不行，每打一块，不是多了半斤，就是又少了一两。豆腐就全切成了小方块。买主们一肚子意见，他只好赔着笑脸，将秤过得高高的，打发人家的喜欢。

有几个老婆婆蹭过来，用手拍拍豆腐的这面，又捏捏豆腐的那面，末了就一分二分地讨价还价，瘪得没牙的嘴嗫嚅乱动。

"哟，这不是鸡窝洼里的上门女婿吗？你这么粗壮汉子，倒卖起这软豆腐了？！"

"你老要几斤？"他赔着笑。

"三斤。你那拐子丈人身子还好吗？"

"他前年就不在了。"

"不在了？可怜见的怎么就不在了！人活什么呀，连个草儿都不如呀，他比我们都小，倒先我们去了！他好个没福，日子才过好了，他就没了。有娃娃了？"

"有，是个儿。"

"这就好了，拐子一辈子稀罕个儿，儿没有，倒有了孙子，你命好呀，小子，那是一家会过日子的人呢。"

禾禾突然眼角潮湿起来，佯装着低了头，大声翕动了几下鼻子。

老婆婆颤颤巍巍地走了。一边走，一边拿指头捏下一点买的豆腐塞进口里，成几十下地噙噙着。禾禾蹲在那里，心里空落落的，不知怎么，不愿意抬头看集上的人了，每每遇见了熟人，头就垂下来。

太阳偏西，集上的人渐渐少起来，豆腐还有半筛子，一时心里发了急。扭头四面看着，就发现前边的那棵空心古槐上，贴着一张"天皇皇，地皇皇"的夜哭郎卦文，看那下边的名字，竟是牛牛。心里就一阵阵紧揪起来，"儿子的病还没有好吗？"他多么想看看去，但麦绒放出口风，绝不让他进门。

"女人的心这么硬啊！"

他担起了豆腐担儿，决意再到那些公家单位的灶上去问问。

一连走了几家，都说已经买了，要他以后每三天送一担就是，他只好从那一扇扇大门里退出来。那些大灶上的残菜剩肉喂养的肥狗就冲着他咬，一抬脚动手，那恶物又扑上来，他只得边打边退，没想跑到白塔底下，竟又偏偏碰见了麦绒。

她已经瘦得厉害，脸上一层灰黑颜色，一只手在衣襟下的胯上藏着取暖，一只手拿着一个硬纸盒的药包。两个人同时相距二百米远站住了。

麦绒万万没有想到禾禾在卖豆腐了，一种说不出的感情使她看见了他没有立即走掉。心跳着，小腿索索地发软。她没有说出话来。

禾禾眼皮低下来，心里叫道：她怎么成了这个样子？看来孩子的病果然不轻，可这狠心的女人为什么不让我去看看孩子呢？她看着我干甚，是耻笑我在卖豆腐吗？还是在嘲笑我的狼狈？或者，是不是她也感到了没了男人的苦愁？他放下了豆腐担子，将筛子里一块豆腐，足足有五斤重的，取出来，放在旁边的一块光洁洁的石头上，又从怀里掏出五元钱，放在豆腐上，扭头走了。

他走出了老远老远，回头看时，麦绒呆呆地站在那里，然后却并没有走近那石头，扭身一步一步走过了白塔，往鸡窝洼的小路上走去了。

禾禾咬着牙，眼泪却唰地流下来了。

六

豆腐卖了半个多月，每天从白塔镇回来，禾禾就坐在门前的平面石头上盘算账目。这时候，烟峰就坐过来，她喜欢吃零食儿，常要爆炒出一升黄豆在柜里，有事没事在嘴里丢几颗，嚼得咯嘣咯嘣脆响。她将一把抓给禾禾，禾禾双手拿着钱票，她就塞进他的嘴里。一边让禾禾报上一元的数儿，便把手里的黄豆颗儿在一边放一颗。然后，本钱是多少，支出多少，收入多少，就一堆儿一堆儿黄豆数起来。数完了，说几句中听的话，那黄豆颗儿就又全塞进嘴里嚼得满口油水。

回回自然用心在地里，一回到家，放下犁耧耧锨，就去将禾禾的那些豆渣、豆浆端去喂猪。站在猪圈里叫嚷猪上了几指的膘。

十天里，禾禾明显地黑瘦下去，回回的三头大猪却一天天肥壮起来。

"能赚了多少利了？"回回坐在门槛上，一边噙着烟袋，一边在腰里摸，摸出个小东西在石头上用指甲压死了，一边问起禾禾。

禾禾说：

"集上的豆子是三角七一斤。一斤豆子做斤半豆腐，最好时做斤六两。一斤豆腐卖三角二分，有时只能卖到三角，这一来一去，一斤豆子可以落七八分钱。"

回回一取烟袋，哧地从缺了一齿的牙缝里喷出一股口水，叫道：

"七分钱？才寻到七分钱！我的天，那柴钱、劳累钱、工夫钱一克除，这能落几个子呀！"

禾禾说：

"不知道别人家是怎么做的，咱就寻不下钱嘛！"

烟峰说：

"亏就亏在你纯粹是卖豆腐的。人家做这项生意，为的是落个豆渣豆浆，喂养几头大猪，你这么一来，自然利不大呢。"

禾禾就忙说：

"嫂子万不该说这话了。我在你们这儿住着，什么都是你们帮忙，这点豆渣豆浆让你家猪吃了是应该的，真要挣钱也不在乎那上边了。"

烟峰说：

"圈里那三头猪，权当有一头是你的。到了年底，杀了你吃肉，卖了你拿钱罢了。"

接着就对回回说：

"你舍得吗？咱总不能自个吃干的喝辣的，看着禾禾灌肠子啊！"

回回当下泛不上话来，笑笑，说：

"要依我说，赚一个总比不赚一个强。禾禾做生意也太心实，豆腐压得太干，秤也撅得高，那还能挣得钱吗？"

但关于让猪的事，却未说出个什么。

禾禾倒生了气，说：

"嫂子说这话，分明是小瞧了我哩，硬要把猪给我，我就搬出这西厦房子。"

回回就说：

"你嫂子那嘴里，作出什么好主意。你就好生住在这里，你地里的庄稼，我多跑着替你料理些就是了。"

烟峰就冲着回回撇撇嘴，反身进了门不出来。

从此，夜里禾禾做豆腐，烟峰就催促回回去帮忙，回回贪着瞌睡，又让烟峰去。烟峰说：

"我一个女人家，黑漆半夜的不方便。"

回回说：

"禾禾又不是外人，你只消把你那一张嘴检点些就对了。"

烟峰就每天半夜半夜在西厦屋里忙罗。等回到堂屋里睡觉，回回早就睡得如死猪一般。她在被窝里带进一股寒气，将双脚放在他的身上去冰，他还不醒，心里说：这男人心倒豁达，也够大胆，都不怕我一个夜里不回来吗？

这么一想，倒又恨起回回了：这是关心我呢，还是不关心我？

这一家人帮着禾禾，禾禾也就寻着活儿帮他们。他顶看不惯这家的一点，是厕所和猪圈放在一起。猪都是大壳郎猪，嘴长得像黄瓜把。人去大便的时候，它就吼叫着向人进攻，需不停地吓唬和赶打。大便之后，猪就将人粪连吃带拱，脏得人脚插不进去。禾禾提出猪圈、厕所分开，烟峰最叫好，回回却说这猪吃大便长得快，又能踏肥。禾禾不听他的，几个下午，重修成了一个厕所。烟峰很是感激，就以后常指责回回不卫生，有人没人，突然闻到回回身上的汗味，就骂道：

"闻闻你身上，快臭了！你不会把那衣服脱下来洗两把水吗？"

"农民嘛。"回回红着脸，给自己找台阶下。

"农民就不干净了？禾禾和你不是一样下苦的，可哪里像你！"

"有垢圿有福嘛。"

"你身上的虱子都是双眼皮嘛！别夸说你福了，这么脏下去，我也和你离婚，看你比人家还有什么福？"

"那好嘛，我和禾禾搭铺睡了！"

每当烟峰到白塔镇去买布料、染膏、糊窗子的麻纸、衣帽鞋袜、锅盆碗盏，叫回回去跟她参谋，回回或许就在地里忙活，或许就去垫猪圈，总央求禾禾去镇上卖豆腐时帮她拿主意。以至往后家里一切事情需要到白塔镇上去，烟峰就叫上禾禾一块去了。烟峰年纪不大，正是爱打扮的时候，要出门，便头上一把，脚上一把。从洼地里两个人一前一后走过去，倒像是去拜丈人的新夫妻。回回有时一身泥土从地里回来，家里门全锁了，等到一个时辰了，禾禾和烟峰嘻嘻哈哈地走回来，他问："哪儿去了？"烟峰说："镇上。"他倒不高兴了，说："有什么要买的事，三天两头去浪，也不让我知道。"烟峰就顶道："给你打招呼你也不去嘛。"回回倒没了话。

有时夜里禾禾做豆腐，回回让烟峰去帮个手，烟峰反倒执意不去。睡下了，两个人热火火地搂着睡觉，烟峰就说：

"唉，人真不能比，禾禾一个人在西厦屋里睡呢。"

"嗯？"

"怪可怜的。"

"嗯。"

过了一个多月，禾禾并没有挣下多少钱来，回回家的猪却肥得如小象一样。烟峰主张交售给国家，赚一笔大钱，给家里添一些家具。回回却主张杀了吃熏肉。深山里，家庭富裕不富裕，标志不像关中人看院门楼的高低，不像陕北人看窗花的粗细，他们是最实在的，以吃为主：看谁家的地窖里有没有存三年两年的甘榨老酒，看谁家的墙壁上有没有一扇半扇盐腌火燎的熏肉。回回将猪杀后，一个半扇就挂在了墙上，另一半拗不过烟峰，在洼里的人家中卖了。但这些人家都是提肉记账，烟峰收到手的现钱没有多少，想添置大家具的愿望就落空了。她自己买了一件衫子，给回回添了一双胶鞋，余下的钱买了几斤土漆，请东沟的木匠来将家里的板柜、箱子、八仙桌漆了一遍。

木匠为了显示手艺，就分别在柜的板上、箱的四面，画了众多的鱼虫花鸟，造型拙劣，笔画粗糙，却五颜六色地花哨。烟峰十分得意，回回也觉得老婆办了一件人面子上的大事，禾禾却不以为然，说是太俗。一头猪，整肉处理完了，唯有那猪头猪尾、四蹄下水，好生吃喝了几天。禾禾也停了几天烟火，三个人就酒桌上行起酒令：一声"老虎"，一声"杠子"，老虎吃鸡，鸡吃虫，虫蚀杠子，杠子打老虎，三人谁也不见输赢，总是禾禾赢烟峰，烟峰赢回回，回回又赢禾禾。喝到七到八成，回回先不行了，伏在桌上突然呜呜哭起来，禾禾和烟峰都吓了一跳，问为甚这么伤心，回回说：

"咱们三个半老的人，这么喝着有何意思。半辈子都过去了，还没个娃娃，人活的是娃娃啊，我王家到我手里是根绝了啊！"

烟峰当下没了心思，气得也收了酒菜，三人落得好不尴尬。禾禾也喝得多了，回到西厦屋里，摸黑上炕就睡。烟峰安排回回睡下，坐着想心事，想自己这个家里，没儿少女，也确实孤单，而回回又是盼娃心切，往后的日子，虽然不缺吃缺穿，但不免会为无儿之事引起愁闷。越思越想，不觉落下一串眼泪。坐了一阵，听见西厢屋里并没有风箱声音，就走出堂屋，问道：

"禾禾，你怎么不做豆腐了？"

禾禾说：

"算了，嫂子，今晚不做了。"

"你这是想发家的样子吗？你睡得着吗？"

"睡得着，我困得实在不行了。"

禾禾是困得厉害，但并没有睡着，夜里的酒桌上，他总是看着回回两口的热闹，心里就想起自己的孤单。烟峰大方开朗，里里外外应酬自如，这要比麦绒强出十倍八倍。当回回伤心落泪之后，他一方面替这一家人的美中不足深感遗憾，一方面就同情起烟峰来，暗怨回回不该这么说话而捅了烟峰最忌讳的地方。转心又一想：这一家人为了儿女这么伤心悲观，而自己有着白胖胖的儿子，却夫妻分离，父子冲散，真可谓各家有各家的一本难念的经啊！

看别人那么爱着儿女，自己有儿却不能去经管，一时良心又发现了，心里悔恨交加。再想，自己这么没黑没明地做豆腐，为的就是这个家能有一日重新和好，及早父子相见，可这豆腐买卖，挣钱却是这么不易，如此下去，什么时候才能重新美满那个家庭呢？

他怀疑起自己这笔生意，心下倒灰了许多。第二天闲散了一天，什么也懒得去干了。就搭车到了八十里外的县城，在饭馆买了四五个猪蹄，一碗白酒，自嚼自饮了半日，晃晃摇摇又去剧院看了一场秦腔。秦腔是古典悲剧《赵氏孤儿》，又是为儿的一场催人落泪的戏，他就不忍心看完，出来蹲在剧院门口的一家烤红薯的摊子上买了几个熟红薯啃起来。

"老伯，你这烤红薯，一天能卖出多少？"

"百十来斤。"

"哎哟，那么多了！城里的生红薯多少钱一斤？"

"八分，现在收不下了啊！"

禾禾突然想起自己家的地窖里的那几百斤红薯了。

红薯自己吃不完，也不想吃，这么一起卖给这老汉，也能挣落几十元哩。

第二天一早，他正要买票坐班车返回白塔镇，没想在街上遇见了当年一块当兵的一个战友。战友也是去年复员的，回来买了一台手扶拖拉机，墨镜戴上，香烟叼上，威风八面地开过来。两人见面，不胜亲热，叙说旧情近况，那战友正是要承包副食公司一批货物到白塔镇去，当下让禾禾坐在车上一路嘟嘟地回来了。两人在镇上饭馆吃了饭，禾禾就让将他家的红薯捎运到县城，两人便又去地窖里忙活了半天。禾禾动员回回也将红薯运去贩卖时，回回却摇头了：

"我才不卖哩。"

"现在你家细粮都吃不完，留那红薯腐粪吗？"

"我有我的主意。"

禾禾便将自己的红薯运到县城，腰别了几十元回来了。回来给回回买了一盒过滤嘴香烟，给烟峰买了一面镜子，自己倒买了几支牙膏。三个人各自喜欢，烟峰说：

"禾禾，你倒比你哥强了，你哥这么多年，都没想过要给我买个镜子呢。"

回回说：

"你又不是十七八的，照着耀着重嫁人呀！"

烟峰就笑了：

"你拿你老东西托我哩，哼，我满脸黑灰了，也是给你丢人哩！"

禾禾就乐得一阵大笑。

他开始大门前刷牙。复员以后，因为劳累，在部队上养成的漱口刷牙习惯慢慢也就不讲究了，只觉得近日牙疼口臭，就上上下下刷起来。

回回就眯着眼儿瞧了半会儿，说：

"禾禾呀，你当了几年兵，洋玩意儿倒学得不少，那嘴是吃五谷的，莫非有了屎不成？！"

烟峰却学着禾禾的样子，用盐水漱口，过来捶着回回的背，说：

"别说你二屎话了！我还想给你买牙刷哩，要不，你那臭嘴就别到我跟前来。牙掉了一颗还要再掉三颗四颗呢！"

回回说：

"都掉了我镶金牙呀！公社马主任就镶了金牙，人家说话才是金口玉言哩！"

一句未了，倒把禾禾逗笑了，牙膏泡沫喷了一胸口。

七

转眼到了霜降，山地里种起麦来，这个山头上，那个山头上，老牛木犁疙瘩绳，人隔岭跨沟地说着墒情，评着麦种。

麦绒因为家里没了牛，眼看着别人家地都犁开了，种子下地了，她急得嘴角起了火泡。孩子病总算是好了，好过来却越发淘人，总是不下怀，出出进进就用裹缠带子系在背上。头明搭早，就提了一把扇面板锄到洼后去刨地了。

爹在世的时候，家里富有，百样农具齐全。那时地还未分，自留地总是种在人前，收在人前，爹就要端着一个铜壶，盛满了柿子酒在门前的石头上品味。爹一死，家境败下来，农具卖的卖了，坏的坏了，加上禾禾一走，缺力少劳，百事都不如人。

她将孩子放在地头，又怕地陡，滚下坡去，就用带子一头系在孩子身上，一头系在附近一棵树上。拿了板锄一下一下刨地，歇也不敢歇，奶憋得要命，衣服都流湿了。等刨开一溜地了，到山头给孩子喂奶，孩子却倒在那里睡着了，伤心地叫一声"心肝儿"，眼泪断线一般地流下来。

外边常常起风，孩子一尿湿裤子，就冻得梆硬。她再出门，就把孩子关在家里，孩子醒过来，哭死哭活，竟有一次将墙角准备孵鸡仔的一篮鸡蛋一个一个弄破了，白的黄的蛋水流了一地。她打孩子，孩子哭，她也哭，又抱着孩子哭一声、骂一声那天打雷击的禾禾。

禾禾好赖把自己的地种了，就操心着麦绒。去过几次，麦绒远远见他上到半洼来了，正在门前抱着孩子吃饭，转身就进屋关了门。禾禾站在门口，看着那房子的墙根上、猪圈上，用白灰画着一个套一个的白圈，知道夜里有野物出没过这里，就想着夜里这娘儿俩的孤单。看见门框上新挂了一块儿镜子，知道这是山里人常作的辟邪驱鬼的方法，就想着日月的清苦，使这娘儿俩怀疑起自己的命运了。他站着，连声叫"牛牛，牛牛！"小儿牛牛没有吱声，牛牛的母亲麦绒更没有吱声。屋子里却传来痛打猫儿的骂声：

"你不去逮老鼠你来干啥？我把你个没血没性没心没肝的东西哟……你滚，你滚，我一看见你黑血都在翻哩！"

接着，一把干草火从窗子里丢出来落在他的脚下。干草火是驱鬼的，咒人的。禾禾立即眼前发黑，腿脚软软地要倒下去。但他终于稳住了，脸上又努力地苦笑着。他给她苦笑，她看不见，这苦笑是他给自己的，转身还是拿了锄镢去麦绒的地里刨了半天。

下午回到西厦屋里，回回和烟峰问了见麦绒的情景，禾禾就禁不住抹起眼泪。烟峰就不免责骂了几句"心太硬"，回回说：

"罢了罢了，这麦绒仍是个硬脖项人，你伤了她的心，看样子一时难回转。你忙着你的吧，我去帮她种地好了。"

禾禾倒在地上，要给回回下跪，满脸泪水：

"我这男人活到这一步，也丢尽了脸面。我禾禾不干出一点事来，就不算娘生养的。你告诉她麦绒，我禾禾也不企望再进她的门苦苦巴巴想和她重做夫妻，一年两年，十年八年，她只要知道我是什么人就是了。"

当天夜里，他就到白塔镇搭了一辆过路卡车去了县城，去购买麦种了。他知道在这一带，正急需新麦良种，打听到县城那儿有了新品种"4732号""新洛8号""小燕6号"，购回来是笔好买卖呢。

回回就到了麦绒家，麦绒正抱了孩子，端着一升麦种要到地里去，见回回吆着牛，背着犁铧套绳进了篱笆院，忙招呼进屋坐了。回回说：

"麦绒，你也真是，不该把禾禾关在门外不理不睬呀！"

麦绒说：

"回回哥，他和我鸭是鸭、鹅是鹅了，我再把他接来送去，我还成什么人了！"

"他也是好心呀！"

"好心能使我落到这步田地？"

回回就不再言语，他一辈子话短，就问了哪一块地已经翻了种了，哪一块地还没翻种，争取尽快把麦种下了，不要误了农时，也不要误了地墒。麦绒感激得就让儿子叫"伯伯"，孩子手脚胡蹬，小嘴儿叫个不停。回回最爱惜的是孩子，几句"伯伯"叫得心酥肠软，当下抱在怀里亲个不够。麦绒又要去抱柴火烧锅，要打荷包蛋了，回回挡了，两人一前一后赶了牛就上了山梁。

梁上是一亩二分刀把子地，回回套了牛来回犁着，麦绒就拿镢头挖牛犁不到的地角旮旯。歇晌的时候，她把孩子又拴在一棵树下，自个回家去烧了一瓦罐开水，抓了一把自己炒焦了的山茶叶。因为离镇子远，又跑到近处的人家里借了一盒纸烟，一并儿给回回拿到地头。回回瞧这女人这般贤惠，倒不明白怎么就和禾禾过不在一起。当下也怨怪麦绒不该这么破费：他有的是旱烟末子呀。

"你吃吧，回回哥，"麦绒说，"我知道你爱吃烟。"

回回就笑起来，说为了吃烟，烟峰不知和他闹过多少次。

麦绒说：

"烟峰姐也真太过了，我就喜欢男人吃烟，烟不离嘴，才像个男人哩。"

太阳到了头顶，人影子在脚下端了，麦绒催回回回家歇着。回回说不累，来回上下山时间都耽误在路上了。麦绒就抱了孩子先回去做饭了。

她在家里烧锅，心里很快活，一遍又一遍念叨回回的好，想：这回回哥真是过日子的把式，犁了一上午地，也没有喊腰疼腿疼，也没有对她发脾气、不耐烦，中午也不肯回来歇歇，难怪人家的日月滋润，倒有些像我爹的人手。禾禾那阵，中午从地里回来，仰面朝天就在炕上摆起大字形了。孩子再哭，我再累，人家只是睡着不醒，鼾声像打雷地响，饭熟了，还得三番五次摇醒，一碗一碗端上去。唉，瞧人家的男人！

　　饭做熟了，她把孩子背在背上，用五号瓦盆盛了面条端到地里。等回回犁了一垄过来，面条高高地挑在碗里，有蒜泥，也有油泼的辣子。回回倒惊奇她饭做得这么快。碗端在手里，筷子挑不起，一窝丝的又咬不断，就说：

　　"麦绒，你这面擀得好呀，你烟峰姐可没这个手艺，你要给她传传经了！"

　　麦绒就说：

　　"我可不敢和烟峰姐相比。她人有人才，干有干才，我有哪一样能够拿得出手？你快吃吧，下苦的人，你要多吃，家里也没什么好的，做得又少盐没调料的，叫你将就了，等着闲日子，我给你炸麻页、馓子吃，补伺补伺。"

　　回回让麦绒吃，麦绒不，说她回去再吃，坐在旁边和回回一边拉着话儿，一边给孩子喂奶。

　　回回吃过半碗，才发觉碗底里埋着一块一块熏肉疙瘩。这是深山人待至客的讲究：肉从不放在碗上，而要埋在碗底。回回就埋怨麦绒把他当外人了，越发器重这女人的贤良。

回回吃饱了，还剩了许多，麦绒就吃起来。回回掏出旱烟袋来抽，抽完一锅，把烟火弹在鞋窠里，装上新烟末，再把那烟火弹儿按在烟锅里。这么一根火柴，竟连续抽了十多锅烟。麦绒说：

"回回哥，你真会过日子，那么大的烟瘾，你也不买个打火机用用。"

牛在地里散了套，吃着秋里收下的谷秆，吃饱了，卧在犁沟里嚼着嘴巴。回回过去拉牛要到地边的水渠里饮喝，听了麦绒的话，说：

"我要那打火机干啥？话说回来，禾禾什么都好，就是心野，钱来路多，也花得多，咱是农民，就是一辈子向土坷垃要吃要喝，把地土看重些，日子不愁过不滋润。为这一点，我和他也争过几次嘴哩。"

"他卖豆腐，能落多少呢？"

"能落几个？做那买卖，都是精明细算的人干的，哪个不掺假，不在秤头上抠掐？赚的是小息小利的钱呀。他大手大脚的，一不会掺假，二又秤过得高，熟人价又压得低，你想想，还能落几个钱？这好多天了，他又不干这活计了。"

麦绒不言语了，唾了一口，把喂饱奶的孩子放在地上，说：

"回回哥，他就是这样的人，没有做买卖的本事，又心野得收不拢，你想我们能过在一起吗？我现在什么也不可怜，只是心疼我这儿子，他小小的，就没了爹……"

一说到孩子，两个人心里都不好受。回回就说：

"麦绒，不管怎么样，要把孩子好好拉扯。没个孩子，人活着就少了许多意思。我和你烟峰姐命里没个儿女，平日回去，两个人吃饭都不香哩。"

"你没去求儿洞去求求神吗，听说那儿灵验哩。"

"咋没求呢！我看没指望了，你如果碰着谁家娃多，不想要了，给我拉拢拉拢，我想要一个养着。"

他说着，就抱过了牛牛，牛牛却不知趣，竟尿了他一身，麦绒恨孩子，回回却乐得笑个不止。

半后晌，那地就犁完了，回回踏着步子把麦种撒了，开始耱地。他让麦绒抱着孩子坐在耱上压了重量，自个吆着牛，一溜一溜，耱得平顺顺的。

晚饭后，回回要回去了，还抱着孩子不舍，说：

"麦绒，你愿意的话，让我把牛牛抱过去住上三天五天，我们虽然没生养过孩子，可一定会管好他的。"

麦绒为难了一会儿，同意了，送出来又叮咛说：

"回回哥，牛牛可不能让禾禾管。我不想让孩子知道他爹是谁，权当他早已经死了。"

回回走出老远了，她又拿了一包东西撵上来说：

"这是禾禾放我门口的那张狗皮，你给他带回去吧。你不要对他说什么，放回他炕上就是了。"

回回说：

"麦绒，你这就有些过分了吧！"

麦绒却转身回去了。

八

禾禾从县上搞回来了好多麦种，立即被白塔镇附近的几个山洼的人们抢购了。禾禾也赚了好多钱，同时也知道了在这深山里做买卖，也一定要搞清新情况再行动。但是，也正是在深山里，出现的新情况似乎永远不能同城市比，也似乎永远不能同山外平原比。他自己的环境所限，又不能捕捉新的信息，曾谋算着像有些人买了照相机串乡跑村为人照相，后一打听本钱太大，又没有技术，念头就打消了。在县城碰见郊区几个村子里有人用大麦芽熬一种糖水，获了好多利，心又热起来。但一了解，才知道这糖水是为天津某工厂专门加工的，人家有内线，自己却两眼一抹黑，熬出来也不可能推销，便又作罢了。这么翻来覆去寻找对比，能充分发挥自己优势的，还只有养蚕，就咬住牙子，将所得钱一张一张夹在一本书里，压在炕席下，盼望着本钱早日筹齐。当他回到鸡窝洼，看见自己的儿子被回回接了过来，心里一动，就又从那书夹里取出几张来，为儿子买了几尺花布，让烟峰裁剪制作了。

针线活上，烟峰是不落人后的。她早就谋算着让回回买一台缝纫机，回回心里总不踏实，一直没有应允她。如今禾禾给孩子买了布料，她一个晚上，挑灯熬油就裁缝好了。孩子穿了新衣，越发可爱，三个人就把小人儿当作玩物，从这个手上倒换在那个手上旋转。

麦绒离了孩子，一夜一夜睡不着。孩子虽然已经吃饭，奶却一直未断，她想这么一来，或许就给孩子把奶摘了。但又因为没孩子吃奶，那奶就憋得生疼，撞也不敢撞。而且一到天黑，只觉得房子空。

第五天里，回回来帮她出猪圈里的粪，孩子就送回来了。麦绒见孩子没有瘦，倒越发白胖，又穿得一身新衣，花团锦簇，喜得嘴合不拢。说：

"他伯，这孩子去了五天，不哭不闹，活该造下是与你们夫妻有缘哩。我思想来，思想去，这孩子命苦，小小没了爹，要保他长命百岁，有福有禄，就得找一个体体面面的干爹，你若不嫌弃，明日我就让娃认了你。"

麦绒冷不丁说出这话，回回的心里甜得像化了糖，当下回去给烟峰说了，烟峰也满心高兴。依照风俗，认干爹的时候，干爹要给干儿制一副缰绳儿，给干亲家做一双新鞋，蒸一升麦面的面鱼、二十个大馍，去接受干儿的磕头下拜。这一夜，好不忙活，烟峰用洋红膏子煮了线，在门闩上系着编了缰绳儿，又配上了三个小铜铃铛。然后夫妻俩就和面烧锅，蒸起面鱼、大馍。那灶上的工艺，烟峰虽不及麦绒，但却使尽了手段，先作出鱼的形状，就拿剪刀细细剪那鱼鳞鱼尾，再用红豆安上眼睛；笼里蒸出来，又用洋红水涂那鱼翅，活脱脱的令人喜爱。第二天太阳冒红，回回一身浆得硬格铮铮的衣服，提了礼品到了麦绒家。麦绒早早起了床，门前屋后打扫得没一丁点灰土。当下在门前篱笆下放了桌子椅子，让回回坐了，抱着孩子下跪作揖，甜甜地叫声："干爹！"一场认亲仪式结束了，七碟子八碗端上来，回回吃得汗脸油嘴。

认了干亲，孩子就时常两家走动。麦绒有了孩子的干爹，家里家外有什么事情，就全让回回来出主意。回回也勤勤过来帮着种地、出粪、劈柴。回回越是待这一家人好，麦绒越是过意不去，但自己又帮不了人家的什么忙，就初一十五，一月两次去求儿洞下的娘娘庙里磕头，保佑回回他们能生养个娃娃。

孩子在回回家，慢慢也熟了，步子虽然不稳，但也跑前跑后不停。禾禾就抱起来，让叫"爹"，孩子就总是哭，摇摇晃晃钻在回回的怀里，叫他是"爹"。禾禾就觉得伤情，不免背过身去叹息。

烟峰看出了禾禾的心思，心想：认孩子为干儿，原想将两家人关系亲密，使禾禾时常能见到自己的亲生儿子，没想却使禾禾越发伤感了。就在枕头边说了这事，回回说：

"麦绒那么贤惠，禾禾却和她过不在一起，这怕也是报应了他。"

烟峰就替禾禾难受，平日里更是处处为他着想，知冷知热。每天下午，她为自家的土炕烧了火，就又去给禾禾烧。有什么好吃好喝，也是叫禾禾上来吃，禾禾不来，就用大海碗端过去。禾禾一直没有穿上棉鞋，总是在鞋窠里塞满苞谷胡子，她就给做了棉鞋，用木楦子楦了，让禾禾试，回回就说：

"禾禾倒比我强了。"

烟峰说：

"你这是什么意思？"

唬得回回只是笑，却也说不出个什么言语来。

一个赶集的日子，禾禾想缝一件套棉衣的衫子，烟峰就去帮他看颜色布料，一直到了天黑才回来。回回在地里收拾地堰，肚子饥得前腔贴了后腔，只说到家就有热饭下肚，可家里没一个人影，站在竹林边叫喊了一阵子，洼里的地里有人说：

"你别喊了，半后晌烟峰和禾禾穿得新新的到镇上去了！"

080

"新新"两个字咬得特别重，回回一听，知道这是外人看自己的笑话了。当下心里好不恼火，进得屋里，柴也懒得抱，火也懒得烧，一口气吃了十多锅子烟，肚子倒不饥了，却头昏脑涨，浑身没一丝力气。猪又在圈里饿得吭吭直嚎，他烦得出去见狗打狗，见鸡踢鸡，在圈里将那蠢物连砸了四个胡基疙瘩，每一个疙瘩都在猪的脑门上开了花，吓得猪躲在圈角像刀杀一样叫。回回出了气，转身进屋睡了，浑身还像打摆子一样筛糠。

　　烟峰回来，连喊了几声，没有回答。家里又冰锅冷灶，由不得嘟囔："从地里回来了，也不说生火做饭，要是没了我，你就不吃不喝了？！"回回还是不吱声，烟峰见没接应，反倒更加闷火。她是火性子脾气，有了气，就要有人接火，丁零当啷一阵风雨，气消了，事也完了。偏这回回是个黏蔫性子，一有气就怀在心里。她当下过来一揭被子，昏暗里见回回大睁着两眼，就说：

　　"我以为你是死了呢！"

　　"你上哪儿去了？"

"镇上。"

"镇上有什么勾你魂了？你三天两头往那里跑，这个家你还要不要啦？"

"你这是怎么啦，我连个镇都不能上了吗？一顿饭没有给你做停当，你就凶成这样！"

"我一辈子不吃饭也行！"

烟峰说：

"我知道！你气在哪根曲曲肠子里你就出，不要这么折磨人！"

回回掀了被子坐起来，狠狠地说：

"你知道就好！你不怕外人笑话，我还丢不起人哩！"

"外人说啥了？"烟峰跳起来，"放他娘的猪狗屁了，我有什么错让他们指责，我就是不生娃嘛，不生娃的人世上一层哩！"

接着，烟峰就说了她去镇上的营生，是行得端，走得正。又说了回回正事上不操心，邪事上倒有了心眼，即使信不过禾禾兄弟，难道连自己七年的媳妇也信不过了？

烟峰将话挑明，说得有情有理，回回反倒没什么可说了。烟峰见回回没了词儿，她偏又说个不停，回回就说：

"你叫喊那么大的声干啥呀？"

"我要喊，我就喊了，我有啥怕人的！"

禾禾听见堂屋里有了吵闹，立在窗外听了一阵，听不明白。又觉得纳闷，推门进来，两个人都没了声，他问是怎么啦，烟峰就伏在炕上的被子上呜呜地哭了，回回蹲在炕上，只是抽烟。

往日里，回回夫妻一吵，他禾禾一出现，两口子就争着向他诉说对方的不是，然后他两头说情，末了，一场风波就无声无息了。这一次却是这样，禾禾猛然觉察出点什么了，尴尬人说了几句尴尬话，就回到西厦屋里睡了。

从那以后，回回和烟峰还是那样待他亲热。但越是亲热，禾禾越觉得有些生分。尤其回回，似乎一天比一天将他看得是客人而不是自家人了。他疑惑，也害怕起来，问过几次烟峰，烟峰只拍着手说：

"你也是个小心眼！"

"你也是个小心眼！"这话里有话啊！禾禾就检点起自己了。"唉，"他不止一次地想，"我要是有对不起回回的事，那我还算是人吗？"

再从外边回来，他就总要和回回坐在一起抽抽烟，聊聊奇闻逸事。一说到奇闻逸事，烟峰就要凑过来听，又不停地插嘴接言，禾禾偏并不随她话走，还是接着回回的话题说。到了晚上，烟峰催他做豆腐，或者干些别的，要来帮他，他总是说困，夜里不干了。但一等他们两口关门睡了，他就又生火烧水忙活起来。再是烟峰要到镇上去，他总是寻事说没个空。烟峰骂过他几次，他只是笑笑，支支吾吾就掩过去了。

禾禾的愁闷越来越折磨自己。他差不多在一个腊月里，每天一早出门，夜里才回来。干的事情又没有一个专注的：今日做做豆腐，明日又包鸡皮药丸去打猎。

这天夜里，他关了门，又包了半篮子药丸挂在柱子上，自己就在火塘里熬起鸡汤来。回回家的猫钻进来，在墙角、木梁上追逮老鼠，往下一跳，将装药丸的篮子撞翻下来，一声巨响，禾禾什么也不知道了。

回回和烟峰刚刚睡熟，响声把他们震醒，赶忙起来，推开西厦子门，屋里烟雾腾腾，刺鼻的硝磺药味，几乎要把他们喷倒。那只猫已经分尸数块，禾禾倒在地上。

回回急忙将他抱出来，发现他脸上肩上几处红伤，血流不止，而右手的第四个指头已经炸断了。叫醒过来，烟峰哭得像泪人一样。回回叫喊着快烧些头发灰止血，烟峰竟将自己的头发一剪子铰下一撮来。

禾禾在家睡了半个月，半个月里，烟峰端吃端喝。回回一天三晌从地里回来，就陪着他说说话儿，或者采些草药回来给他煎熬，说：

"算了，算了，往后再别胡折腾了，这两年里看你都有些什么名堂？往后安分种庄稼，你做不惯，我替你做一半，再别干这号事了！"

烟峰说：

"你还说什么呀，什么也不要说，现在只要伤养好了，就算咱都念了佛了！"

说罢，眼角一红，又是噗噗嗒嗒掉眼泪。

受伤期间，烟峰去叫过麦绒一次，让她抱着孩子来探望，说是人在难中，心事最多，多一份安慰，强似吃几服药哩。麦绒也哭得眼泪汪汪，却终不肯来。烟峰就骂了她一次，将孩子抱过来，一声一声地教叫着"爹"。过了一天，麦绒却也来了，提了一篮子鸡蛋，到了西厦房后的竹林里了，看见烟峰过来，就将鸡蛋篮子放在地上，转身又回去了。烟峰气得又骂了几句，提篮子回来，却安慰禾禾，说麦绒家里有事，实在走不开，把鸡蛋让捎来了。

"她待你心底还好哩，说不定这一场事故，你们能和好哩。"

禾禾说：

"她不会的，她越发小看我没出息了。"

烟峰就难过起来，说：

"兄弟，我知道你的心盛，可你命这么不好，实在不行了，你就依了你回回哥的话吧。"

禾禾却说：

"山里的好东西这么多，都不利用，就那么些地，能出多少油水？这不能怪我命不好，只怨我起点太低，要是真按我的主意养起山蚕，好日子还在后头哩。所以我再苦再累，再失败，我不失信心，甘心忍受外人对我的委屈。"

烟峰眼泪就又流下来。禾禾说：

"你不要难过，我什么都能顶住。这一半年里，多亏了你和回回哥，我只恨自己无能，不能回报你家的恩德。"

烟峰就说：

"兄弟不要说了。我这女人没本事，可还明白，你只要有信心，就按你的主意干吧。我这里私房攒了这一百元钱，你拿去用吧，有了本钱，发了，再说还我的话。"

说着就从怀里掏出一个红布包儿，塞在禾禾枕头下。禾禾要推辞，她却起身走了。

九

禾禾病一好起来，就到县上有关部门去买柞蚕种了。一回村就张罗忙活，收拾分给自己的那片山林地。附近的人都在风传，说禾禾又在瞎折腾了：自古听人说以桑养蚕，还未听说过以柞养蚕的。

烟峰四处为禾禾辩解，说外省的某某地方，山上全放着柞蚕，人都穿的是绸子袄、绸子裤，连那帐子、窗布、门帘、裤衩、鞋面，甚至抹布都是绸子的。那绸子比商店里的的确良强出十倍百倍，穿在身上，夏不贴身，无风也抖，冬装丝绵，轻软温暖，一亩山林顶住四亩五亩山田呢。

她那一张嘴比刀子还利，果然将一些人说得半信半疑，不敢轻易说禾禾的一长二短。当然，她也是有一说十，有十说百，自己说的连自己都有些迷迷糊糊。回来给禾禾说了，禾禾也笑得没死没活。

"嫂子，可不能再去说了，蒸馍都害怕漏了气，你先吹得天花乱坠，要是弄不成了，咱就没个下坡的台阶了。"

果然，禾禾又失败了，一场意想不到的大失败，而从此几乎使他走投无路。

开春过后，蚕种就上了柞林。为了使柞树叶子更加鲜嫩肥大，他将一些柞树截了老干，不长时间，新叶繁生，一丛一丛深绿的浅绿的，蚕就爬得到处都是，长得非常快，眼看着一天一个样，有的分明已经见出身子泛白发亮了。禾禾也庆幸着自己的成功，在山林中搭了一个木头庵房，日日夜夜厮守在那里。每天一早一晚，鸡窝洼的人都会看见没尾巴的蜜子在那林子边来回跑动，汪汪大叫。蜜子是到了发情期，叫声便吸引了白塔镇周围的狗，几十条相继赶来在山林里热闹，以致使那些眼小的、嫉妒的、伺机想搞些小动作的人不敢近林。

穿着红袄的烟峰一有空就到林子里去，在小路上走着，腰扭得风摆柳似的，要么去给禾禾送一瓦罐好饭，要么用那只军用水壶提一壶甘榨烧酒。站在林边了，只消喊一声："禾禾！"群狗就应声出迎。

麦绒也瞧见了几次烟峰，烟峰就大声招呼她去看看，麦绒却总是借口有别的事，想禾禾果然要办成一件事了吗？心里就空落落的，有些说不出的难受。她盼望禾禾也真能成功，他毕竟还是牛牛的亲生爹嘛。等着那没尾巴的蜜子跑回来，她总要叫着到家里，在脖子上系一颗两颗铃铛，却对狗说："别让他知道是我系的。"又盛了大碗的搅团糊汤让它吃。每每黄昏时分，烟峰穿着红袄的身影出现在柞蚕林那里，麦绒瞧着，却不禁有些不快起来，心下又想：本来那里是该她去的呢。就走回屋里烧晚饭，先还是心里乱糟糟的，末了就自言自语：我这是怎么啦，禾禾和我是没干没系了，咱吃那醋干什么呢？

回回呢，禾禾买回蚕种时，他真有些替他担心，劝说过几次，知道禾禾也不会听他的，也便任他去了。又见烟峰乐得嘻嘻哈哈，忙得跑前跑后，他额头上就挽了疙瘩。蚕一天一天长大起来，他去看过一次，确实也吃了一惊，但心里终究不服气，回来越发经营他的三四亩山地，看重他的牛猫鸡狗。烟峰一唠叨柞蚕的好处，他就冷冷地说：

"他走他的阳关道，我过我的独木桥吧。就这个样子，这一份家业，他禾禾再有十年怕还赶不上呢。"

他在麦地里上了两次浮粪，又担尿水泼过一遍，麦子真比旁人的黑一层、高一截。又去帮麦绒在地里忙了几天，就开始深翻梁畔上那些石渣子空地，准备栽红薯了。

栽红薯需要育红薯苗。白塔镇上的三、六、九集上，红薯种成了抢破手背的货。红薯到了春天，腐烂得特别厉害，所以这个时候红薯种的价钱倒要比冬天高出三倍四倍。结果，回回从窖里取出一担挑到镇上，一时三刻一抢而空，就又都纷纷到他家来买。回回却不再卖，一律要以粮食来换。苞谷也行，大麦也行，一斤兑换一斤。五天之内，竟换了好几担粮食。禾禾得知了此事，也惊奇不已，夸说回回的老谋深算，回回说：

"吃不穷，喝不穷，算计不到一世穷。去年冬天你要卖给城里，那能赚得什么钱？这二三月里，青黄不接，粮食紧缺了，我那石磨子却是不会闲的了。"

他说得很自负，显示出一种殷实人家的掌柜的风度，使禾禾无话可说。

禾禾却粮食紧张起来，茶饭不能那么稠了，一天三顿吃些苞谷糊汤。为了补贴，又在山上挖了好多老鸦蒜煮了，在清水里泡过三天，每顿掺在饭里吃。因为两家饭吃不到一块，他就故意错开做饭时间，少不得烟峰每顿饭多添两勺水，偷偷给禾禾先盛出几碗，放进西厦房里。心里祝福禾禾这回能大获成功，日月过得像自己家一样。

但是，谁也没有想到，蚕林里的鸟儿越来越多。先头禾禾并不在意，后来发现蚕一天天似乎少起来了，才大惊不已。就拿了一个铜脸盆不停地敲响，轰赶鸟群。一个人的力气毕竟不足，这边敲了，鸟跑到那边，那边敲了，鸟又跑到这边，累得他气喘吁吁，那一顿三海碗的稀糊汤几泡尿就尿完了，身子明显瘦下去。

烟峰更是着急，一见鸟儿就咒，咒的什么难听的话儿都有。一有空，她就也到林子里去赶。禾禾站在坡上，她站在坡下，一边喊：过来了！一边喊：又过去了！声音一粗一细，一沉一亮，满鸡窝洼里都听得见，倒惹得人们取笑，说他们像是在唱对歌了。禾禾后来就劝她不要忙乱了，怕整日在这里，误了家里的事，引起回回疑惑。再加上她是个女人家，体力也不济，就去雇用了二水，讲明帮他照管蚕林，收丝后，一天报酬八角。二水也讨好禾禾，就拿了被子，和他睡在那木庵子。

鸟不但没赶跑，反倒蚕越大，鸟越多。忽有一日，从月河上游黑压压飞来一群白脖子乌鸦，在蚕林上空盘旋了一个时辰，就吸铁似的一下子投入林中。这些乌鸦见蚕就啄，一棵树上的蚕顿时就被吃尽。禾禾和二水背了土枪，不停地鸣放，也无济于事。仅仅三天三夜，那柞蚕竟被糟蹋得十剩一二了。二水趁着半夜三更，卷了被子回家不干了。禾禾一觉醒来，只有蜜子卧在身边，再看看树上零零散散的蚕，痛苦得要发疯。鞋也没有穿，在林子里乱跑，从这棵树下，扑向那棵树下，手摇脚蹬头撞。又跑出来，将那土枪一连放了二十八下，枪一丢，抱头呜呜哭起来了。

这些天里，回回却正忙着在家烧酒。他在门前的土坎上挖了灶坑，支了大锅，锅上架了木箅桶，装上发酵了的红薯换来的大麦，再上边放了一个净锅，一个槽子伸出来，烧过几个时辰，酒就流出来。这里的风俗，酒一律是在家外烧的，谁家的酒烧得好，谁家的主人就十分光耀，像扬场的把式一样受人尊敬。回回又是一心夸富的人，越发显得大方起来，路过的人，他就要叫喊着尝酒，对方说一句"好酒"，即使是喝醉倒在那里，也在所不惜。酒烧好了，知道禾禾的蚕也被乌鸦吃光了，就对着哭丧着脸的烟峰说：

"我早说了，他任事干不成。现在怎么着，要吃狗肉，反倒让狗将铁绳也带走了！"

烟峰一肚子闷火没处发，当下就说：

"好你个当哥哥的，你幸灾乐祸啊？！"

回回知道失了口，就说：

"我这也是为他想出路呢。既然养蚕不成了，让他也不要太难过。今日中午，你让他回来，咱做一顿好饭，喝喝酒解解闷吧。"

烟峰去叫禾禾，禾禾像木雕石刻一般，抱着头坐在那木庵子里，怎叫也不愿回来。烟峰只好将酒装在军用壶里给他送去，禾禾却抱起壶来就灌，灌着灌着，烟峰倒害怕起来，说没饭没菜，空肚子喝酒容易醉。禾禾就不喝了，笑着说：

"嫂子，你先回吧，我收拾收拾就回来。"

烟峰一走，他就又喝起来，不歇气将一壶酒喝个精光，只觉得口干舌燥，摇摇晃晃要到溪水边去喝些冷水，一跟斗却倒在那里，醉得一摊烂泥了。

月亮幽幽地上来，溪水哗哗地流着，星月全然在水底，或者不动，或者拉成长形，那光线乍长乍短，变化不定。夜露很快潮起来，打湿了草，打湿了禾禾的衣裤。他醒过来，说声："不好。"就翻身坐起来，觉得头疼得厉害，要爬起身，又软得无力。他知道自己又醉了。"多丢人哟！"他骂着自己，一口一口喷着酒气，泛着酒嗝儿，就用手指在喉咙里抠起来，哇地吐出一堆东西。再抠再吐，肚子舒服多了，就在溪水里漱口喝水，将头塞进水里冰着。一直坐到山洼里的人家关门上炕，窗口的灯光灭了，他站起来，夹了被子，慢慢往回走。"我这成什么模样，让人笑话吗？"他靠在树上，做着呼吸，擦干了头发、手脸，强装精神地下山了。

烟峰和回回一直不见禾禾回来，就提了灯笼来看他，一见面，他却笑着打招呼，看不出一点酒醉和悲哀。回家来又说了一些别的闲话，他就回到西厦屋里睡下了。

无论如何，烟峰却有些纳闷。她在林子里见到的禾禾是那副模样，而到家里又像换了另一个人，心里总不踏实。睡下后，就一直没睡着，仄着耳朵听西厦屋的动静，直到后半夜，她撑不住了，眼睛一闭就睡去了。天明起来扫院子，叫喊禾禾，喊了三声不见动静，过去隔窗一看，屋里却空空的，就大声叫回回。回回起来也惊骇不已，不知道禾禾这是到哪里去了。

"他不会寻短见吧。"回回说。

"哪里的话！"

"你怎么保得住？人到了这一步，受不住呢。"

"别胡说八道！"

"那到哪儿去了呢？"

"到哪儿去了呢？"

十

禾禾这天早上，赶到县城去了。

禾禾天不亮离开鸡窝洼，步行十里，扒着一辆过路车到了这里。顺着老街道懒懒地向前走，街道的房子全是木板开面门，一律刷着蓝颜色。这是一种很不吉利又很不显眼的颜色，但不知为什么这里却门框门板、窗扇窗棂，以及砖墙土院，全是这个色气。禾禾每一次进城，都禁不住纳闷，这一次他却似乎毫无感应。房子很矮，个子高大的禾禾先是挨着墙根走，在每一家私人开办的杂货摊前翻翻、看看，不言不语，漫不经心地又走开，头好几次撞在檐头上。他走到十字路口，那边过去就是新修的街道，一时立在交叉中心没了主意：该往哪里走呢？离开鸡窝洼，到县上来，来了干什么，他也搞不清楚。他站着，东一看，西一看，南北也看了，最后就走到一家饭馆里去。

饭馆已经承包了，卫生条件好多了。禾禾刚路过门口，往里那么一望，立即就被热情万分的服务员叫喊进去。去就去吧，到了这一步，只有吃能安慰了。他要了两碗米饭，一盘炒肉，一碗蛋汤，再就是一盘猪肝猪肚，四两"西凤"白酒，狼吞虎咽地吃起来。别人有了心思，吃不进，喝不进，禾禾却正好相反，饭量比平日倒增加了三分之一。昨日酒喝得大醉，今日又是四两白酒，禾禾顿时又醉了。出得门来，步子就迈不开，靠在墙上往下溜，蹲坐在台阶上脖子歪到一边了。县城的孩子有聚众看热闹的习惯，立即围了一群，说他，笑他，用树棍捅他，用土块、纸弹掷他。他和孩子们倒挤眼还挤眼，鬼脸还鬼脸，没大没小没正经地对口厮骂，末了就抓着胸口，倒在台阶上如烂泥了。

一连三天，他就在县城逛了吃，吃了醉，醉了随地倒卧，满县城都知道这么个人物了。白塔镇有人进城办事，看见了他落魄的样子，听到县里传说他酒后的样子，消息就带回去了。鸡窝洼的人们又惊讶又同情又气愤，骂他成了货真价实的不会生活的二流子了。

"他不该把人丢到县城里去！"回回在家里恨恨地说。

"他怎么就成了这样，我的天，他怎么能受得了这份洋罪！"烟峰说着，眼角就红起来。

回回说：

"罢了罢了，你不该这么可怜他，使他越来越心野，不记教训。"

烟峰说：

"我觉得他没什么不好的。他要是听我的话，他也不会悄悄就到县上去了。他真糊涂，到了那个地方，有一个亲戚吗？还是有人心疼他？回回，你说，他不会破罐子破摔吧，要再那么在县城糟蹋下去，身子垮了，脑子也垮了，那他就毁了。"

"他没脸回来了。"回回说，"我们好过一场，我也尽了我的义务。他能出去，可见他就没有想回来的意思，这里也没有他可以牵连的。你去看看，他那些部队上的东西带着没有？"

烟峰就到西厦屋里，一床黄军用被褥还在，皮带没有了，军用壶也没有了，那只没尾巴的蜜子失去了主人，跑前跑后，对着烟峰汪汪地叫。她站在房里，脑子嗡嗡地响，一边将被褥叠好，一边收拾了锅上案上的瓶瓶罐罐盆盆碗碗，就动手扫起地来。

"你还帮他收拾得那么干净，他还会回来吗？"回回站在堂屋的台阶上说，"走了好，走了好，要不住在这里，整日发疯，外人该拿甚眼光看咱了。"

烟峰却哇地哭起来，说：

"你说的屁话！人家禾禾哪一点对不起你，在人家困难的时候，你倒说出这话！"

"那你说咋办？"

"去找他，我要去找他！"

烟峰大声叫着。

"你也是疯子？"回回骂道，"你到哪儿去找他，你怎么去找他，村里人怎么说，白塔镇人怎么说，县城人又怎么说，唵？！"

烟峰说：

"说什么，说烟峰去找禾禾了，他谁又能怎么说？大不了说我对他好，好就好了，好有什么错，我一没偷人，他二没跳墙，谁将我看两眼半！"

回回气得只是说：

"无论如何，你去不成！"

烟峰说：

"我就要去！我就要去！"

这一夜里，两口子说硬都硬，说软都软，吵吵闹闹一个通宵。天大亮时，烟峰提着一个包袱走到门前，回回扑出来把她往家拉，正不可开交要动起手脚来了，蜜子却汪汪大叫着，箭一般蹿了出去。两个抬头看时，禾禾却甩手大步地回来了。

禾禾一直走了进来，看着回回夫妻的情景，大惑不解，便问道：

"你们这是怎么啦？"

两个人都愣在那里，如傻子一样。半天光景，烟峰却扑过来，抢着拳头在禾禾的背上打起来，骂道：

"你回来干啥？你怎么不死在县城，不叫野狗将你吃了！"

她披头散发，又扑进屋去大哭大号了。

回回在院子里开始了骂声，说禾禾回来了，就是这个态度？就将禾禾出走后洼里、镇上、家里的情况说了一遍，却只字未提他不让烟峰去找人的事。禾禾不觉满脸羞愧，立在那里，自个打了自个几个耳光，就进堂屋一声一声叫着嫂子，说他对不起人。

回回说：

"别哭了，兄弟回来了，你快去收拾饭吧。"

烟峰抹抹眼泪，说：

"你别这阵充好人！"

说完抱柴火去烧锅了。

吃饭中，回回说：

"走时你也不打个招呼，害得人心都慌了。回来了就好，什么话咱也甭提了，能回来，便见兄弟明白了世事，清醒过来了。明日快去你那地里浇浇水，麦受了旱，别人家都浇过了，就剩下你那块地了。还有梁上那片地，你没赶上插红薯，就先壅些葱吧。"

禾禾说：

"我明日一早到镇上信用社去贷款呀，那山梁上的地和地后的那一片荒坡上，我要种桑树苗子哩。"

回回放下了筷子：

"又胡折腾呀？！"

禾禾说：

"这回折腾不穷了，县委刘书记都支持哩！"

说到刘书记，回回就肃然起敬了。刘书记去年到白塔镇检查生产，回回远远看见过，那是个矮矮的胖子，说一口的本地话，后听说是本县东部川的人，嘴里就念叨了几天，说山沟里也会出大人物呢。当下听了禾禾的话，却有些半信半疑。禾禾就说了他在县上发生的事。

在县上的第三天，县委刘书记知道了街头上他这个人物，就让人将他找去，问了根根底底。他只说书记要批评他了，没想书记却十分同情，更欣赏他的想法，支持他把蚕养下去。又打电话将农林局的同志叫来，向他讲了如何放蚕的事，说眼下最好先植桑养蚕，免受飞禽之害。如果要植桑，县上可以提供树苗。

禾禾这么一说，回回就不好再说话了。吃罢饭，他将粮食拿上来，借那石磨磨了几升小麦，烟峰就帮他罗面，两个人又说了县城好多新鲜事。回回则蹲在炕头只是抽烟，过一会儿就摇摇头。

第二天，禾禾到镇上信用社贷款，信用社的人吃了一惊，没想他竟回来了，又要贷四五百元的款子，就都摇头了。禾禾见人家不相信自己，就说出是县委刘书记的指示，可人家要刘书记的手条，他却没有，就说："不信你打电话问问。"直缠了半天，信用社三个营业员和主任商量了，说：贷可以，但必须要有保人，保人又必须是有家资的信得过的人家。

禾禾想来想去，在这白塔镇上，他知道的人确实不少，去托人家来作保，人家都摇头拒绝了。现在能有家资的又能信得过的就只有回回了。他回来给回回一说，回回纳了半天闷，却说道：

"四五百元，这数字不少呀，你好好考虑，你真能搞成功吗？"

禾禾说：

"县农林局答应帮我搞的，一定失败不了呢。"

回回就说：

"咱这深山人家，家里拿出五六十元，倒还能拿出。可一下子赔了，信用社要款，你可以屁股一拍走了，他谁也不敢要了你的命，保人就要一下子拿出来，能拿得出来吗？禾禾，我也是骆驼瘦死留有个大架子呀，你是不是少贷些钱，我就来做你的保人？"

禾禾说：

"那不行呀，桑树苗儿的价是固定的，植桑如果植那么一点，那顶什么用？你放心吧，我不会给你丢人的。"

回回艰难地吭吭了半天，口里还是没有吐出个数字来。

烟峰看不过眼，搭了腔：

"你别作难，那仅仅让你做个保人，又不是要你立马三刻就拿出钱来，你扳什么架子！"

"你知道些什么？"回回把烟袋甩了，骂道："这个家你当掌柜的还是我当掌柜的？"

烟峰说：

"你能当掌柜的，我也能当掌柜的！禾禾，不求乞他了，要饭的要到门上，也不是这个德行，我给你当保人去！"

"你给我回来！"回回大吼了一声。

烟峰只是一扯禾禾的袖子就要出门，回回抓起鞋一下子打过去，咣地正打中烟峰的头。烟峰变了脸，叫道：

"你打人？你敢打人！"

"我就打了，不打好人，还不打坏人！"

"我把什么坏了？"烟峰受了侮辱，便扑回来，"你当着禾禾的面，你说，我是什么坏人，我坏在哪里？"

禾禾一看事情闹到这步田地，肚里就叫苦不迭，忙来拉劝，说他不叫回回做保人了，也不叫烟峰做保人了，顺门就走。一出门，一脸羞愧和气恼，走到洼地下的一片柿树林边，正遇着二水从麦绒家出来，已经走出来了，还扭过头去有一句没一句地说些不盐不甜的话。一阵怒火升起来，等二水一走近，劈头盖脸打了他几拳头，然后就长条条仰倒在地上，瓷呆呆地像傻了一般。

烟峰出来叫喊禾禾，回回跑近将她拉住，两人厮缠在一起，一时手脚并用，从篱笆前打到台阶后，从台阶上打到中堂。烟峰抓破了回回的脸，回回一脚将烟峰踢倒在地上，就乘气冲进西厦屋里，将禾禾的家具一股脑丢出来，骂道：

"我不让他住了！再住下去，他就要住到这堂屋里来了！我活什么人哩，我活得冤枉。自己老婆处处护着外人，你是跟我过日子，你是跟别人过日子？"

说罢，就啪啪地打自己的耳光。

"你打吧，"烟峰说，"你还算个男人！过不成就不过了，你把他的东西撂出来，你把我的东西也撂出来嘛，你活独人去嘛！"

回回就骂一声："好你个不要脸！"烟峰就呜呜地趴在地上哭得打起滚来。

鸡窝洼的人家都听见了打骂声，站在门口说闲话。很快风声又到了白塔镇，一时议论纷纷：有说回回不应该，有说烟峰太厉害，但更多的，则骂禾禾不是正人。说回回让禾禾住在他家，长期没个老婆，烟峰又年轻，能少得了不出事吗？禾禾一走动，背后就有人指指头。

他将家具搬进早先蚕林中的木庵子去住了。

但他总咽不了一口气愤，深深感到了做人的艰难，做一个想办件事的人更艰难啊！当天夜里，他就伏在木庵的床上，给县委刘书记写了一封信，他发了贷不出款的牢骚。信寄走了，又后悔起来，就不抱任何希望，而只说出出气罢了。

第三天里，没想信用社的人却从白塔镇寻到了林中的木庵里，拿来了硬硬的一叠人民币：五百元一分不少。说是县委刘书记打电话给他们：别人不给禾禾做保人，他来做保人。

禾禾哇地哭了，几天来第一次痛声地大哭了。

十一

　　第五天，一辆手扶拖拉机开进了白塔镇。车上载的是三千株湖桑，湖桑上坐着禾禾。禾禾满面春风，唱一路戏曲，赏一路风光，将香烟不停地点着递给开车人。开车人是他那个当年的战友。

　　当时正是黄昏。公社大院的干部们全蹲在院子里吃晚饭，吃的是炖羊肉饸饹，一些人已经吃了，满嘴油光；一些人敲着碗，看炊事员老汉用正骑在锅台上的饸饹架子压饸饹。看见拖拉机开过来，就都欢叫着出来帮卸车，一时人拥了好大一堆。那些商店的、旅社的、卫生院药铺的年轻姑娘们也都端了碗出来，一眼一眼寻着要看谁是禾禾。看见禾禾那么黑瘦苍老的脸，那么一身满是灰土的臃肿肿的衣服：咦，他就是县委书记过问的支持的禾禾吗？接着心里就提出各种各样的猜想：他和县委书记是什么关系？亲戚？老相识？或者是"文化大革命"中这小子曾保护过书记？或者是书记的儿也当过兵，和他是战友？不知道根底的打听着他的根底，知道根底的说他碰了好运……众说不一，议论纷纷。但无论如何，大家都来看他了，都来帮他卸车了，三千株湖桑苗一捆一捆靠放在白塔底下了。

当然，表现最积极的要算是二水。二水在禾禾离婚以后，就一心谋算着娶过麦绒。他三天两头到鸡窝洼去，有事没事在麦绒家的门前石头上坐坐。看见人家挖地，他就去帮着挖地；看见人家垫圈，他就去帮着垫圈；实在没有事干了，他就假装路过这里，或者去喝水，或者去点烟，说几句人家的孩子长得多么疼人，说人家的猫儿养得多么乖巧。但是，麦绒却对他总是不远不近、不冷不热，一个眉儿眼儿也不给他使。长期没有女人的单身生活，使他产生了对异性的贼心，也正因为女人永远对他是个不可知的谜而缺乏贼胆。夜里想得天花乱坠，白日里见了麦绒却瓷手笨脚地显得狼狈。他一直注视着禾禾这边的动静。禾禾揍过他那次以后，他心里安分了许多，但得知禾禾毫无重新与麦绒和好的希望，而传出回回痛打烟峰的风声后，他那颗贼心又死灰复燃。所以他愈是害怕禾禾，愈是待禾禾友好。这天吃过晚饭正在镇上游转，一见禾禾的桑树苗拉回来，就说不完的祝贺话，跑不断的小脚路。禾禾让他去买烟就买烟，让他去打酒就打酒。酒桌上，禾禾和战友划起拳来，他就公公平平地看酒。禾禾喝得多了，拳又不赢，输一盅，让他替，他仰着脖子只是往嘴里倒。

送走了战友，天已经黑下来。二水帮着把树苗往鸡窝洼背。禾禾背三捆四捆，他也背三捆四捆，汗流得头发湿在额上，像才从河里捞出来一般。禾禾也不禁夸奖起他的忠厚诚实了。

"二水，"禾禾说，"你说我这回能成功吗？"

"一定成功！"二水说。

"你怎么知道能一定成功！"

"我想你会一定成功。"

禾禾就嘿嘿地笑起来。"二水，你能帮我几天忙吗？"

"没问题，干啥我都行。"

"帮我栽这树苗。"

"行的。"

"你可不能偷偷就跑了啊！"

"我再跑就不是人了。"

当天夜里，禾禾就和二水上到山梁那一片空荒地里，撵天亮栽了三百株。第二天，第三天，就将山梁两边的荒坡挖成一层一层鱼鳞坑，将桑树苗全栽下了。

山梁上又有了一片桑林，鸡窝洼的人差不多都上去看了。烟峰倒埋怨禾禾栽树时不叫叫她，将自家的熏肉、烧酒拿了来，在木庵里生火为禾禾做了一顿庆功饭。吃罢饭，让她回去，她却坐下来问这问那，禾禾就催得紧了，烟峰说：

"你这是怎啦，是嫌我败坏你的名声了吗？县委书记支持了你一下，你就将我不放在眼里了？"

禾禾说：

"嫂子说到哪里去了，你不回去，我回回哥吃不上饭，又该生你的气了。"

烟峰说：

"我又不是他裤带上拴的烟袋！他甭想再让我伺候他了，让他也过过没老婆的日子！"

"你们还没有和好？"

"分开了，各过各了。"

烟峰沉着脸，眉圈都黑了下来。

前几天那场架，烟峰哭了整整一夜。第二天，就搬了铺盖睡在西厦屋里。回回先是有了回心，自个做好了饭来叫她去吃，十声八声喊不应，回回也就火了，一碗饭摔在她的面前：

"不过了就不过了！哼，你以为你是宝贝蛋，我舍不得你吗？"

烟峰说：

"我那么命好，还是你的宝贝蛋？我不会给你生娃嘛，你早安下心要往外撵我唔！"

"就是的，就是的，你说的都是的！"

这天夜里，烟峰早早就在西厦屋里睡了。回回关了鸡棚猪圈，在院子里立了好长时间，过来轻轻推厦屋门。门在里边插了关子，就走到堂屋，也哐当一声关了，睡在炕上生起闷气。炕虽然也是烧了的，但总觉得不暖和，脚手也不知道放着什么姿势舒服。就爬起来，又去轻轻拉开门关，心想烟峰一个女人家，置上一天半晌气也就罢了，到底还是要睡回自己的炕上来的。但是第二天早晨醒来，烟峰却始终没有回来。回回心下倒火了：哼，你好硬的心哟！你硬，我比你还硬呢。我这一次能求乞你吗？瞎毛病全是我惯的，我也是个男子汉呢！结果，谁也不给谁低头，你不理我，我也不理你，一个做了饭吃，一个去做饭吃。回回心空落落的，偏在上屋哼几段花鼓曲子，烟峰听见了，也是唱几句秦腔，声音倒比回回的高。再就是烟峰狠狠地在地上唾一口，回回必然就也唾一口，两个人被这种孩子赌气式的动作逗笑了；笑过一声，烟峰却立时沉了脸，使回回脸上的笑纹一时收不回来，十分

116

尴尬。

烟峰将这分裂说给了禾禾，禾禾难为了好长时辰，低着头抽起闷烟。烟雾顺着脖子钻进了茅草似的乱发里，像是着了火一样。等两根烟吸完了，抬起两只充满了红丝的眼睛来，说：

"都是我不好。"

烟峰说：

"你不好什么了？这么些年，我也对得起他回回了。他现在能离得我，我也能离得了他。事情你也看得清楚，他做事是人做的吗？你也是天下最没出息的小子，你为什么要走？你这一走，是你做了什么丑事了，是我做了什么丑事了？说起来我就要骂你这厮一场，你也是喂不熟的狗哩！"

"嫂子！"禾禾站起来说，"你怎么骂我，我也不会怪你。我禾禾到任何时候，也不会忘了你的好处，但我不愿意看着你们这么闹下去。你真要是待我好，你就回去和回回哥和好，要不，我再也不去你们家，你也再不要到

117

我这里来！"

　　禾禾说完，就走进柞树林里去了。烟峰喊了几句，他也没有回声，就呆立在那里，样子很是可怜。二水看见了，也觉得一阵凄凉，忙说些讨好的话，用嘴吹了凳子上的灰土，招呼她坐。她却冲着二水嘿嘿一笑，突然收敛了，扭头向山下跑去。

　　她跑得很快，在下一个坎的时候，一步没有踏稳，跌了下去。站在林子里一株柞树后的禾禾，一直在看着，这时叫着跑过来。土坎下，烟峰坐在那里，正抱着膝盖，痛苦扭弯了脸面，一额头的汗水珠子。禾禾走近去，看见她膝盖上的裤子被扯破了，膝盖上渗出了血，忙蹲下身替她包伤，烟峰却抬起头来，冷冷地看着他，突然站起身来，鹿一样极快地跑走了。

　　禾禾茫然地站在那里，眼角却潮湿了。赶来的二水说：

　　"你哭了？"

　　"谁哭了，谁哭了？"

禾禾却一拳将二水打了个趔趄，二水要倒的时候，他却一把抱住，眼泪唰唰地流下来。

可是，二水没有想到，禾禾也没有想到，烟峰第二天里却又来了。她扛了半口袋麦面，咚地放在木庵里的案板上，冷冷地说：

"我烟峰不是舔摸你来的，也不是想怎么来勾引你的；要把你的事干成，就把这麦面留下。要不收，我也就把你禾禾看透了，你早早收拾了你这养蚕的事！"

说完，就走了。

禾禾和二水都呆在那里，半天没有反应过来。

粮食，对于禾禾来说，确实太紧张了。去年地里没有收下多少，这几个月来，又三折腾两折腾的，就没有了几升细粮。烟峰的半口袋麦面也真送得及时，但却奇怪她怎么就知道得这么清楚！面对着麦面口袋，他没有说出一句话来。

十天之后，烟峰又送来了半口袋麦面，半口袋苞谷糁子，还有一瓶芝麻香油。

烟峰送粮的事，回回先是一点也不知道，他看见烟峰磨过一次麦子，可过了十天半月，就又再磨麦子，心下就想，吃得这么快？这天从地里回来，看见烟峰扛着口袋到山上柞树林去了，心里一切都明白了。当下想冲过去，夺下那面袋子，但一想到禾禾在二三月里也怕真的揭不开锅了，便装作没有看见，心里却总疙疙瘩瘩，一种被瞒哄、被不当人看的情绪使他更加恶起了烟峰。他回到家里，越想越生气，思谋着法儿报复烟峰，"或许，"他想，"我要问问她，话不明说，却要叫她知道我的意思，说不定使她回心，这日子又该成全了呢。"等烟峰回来，他便说：

　　"你到哪儿去了？"

　　烟峰照例没有回答，用手帕摔打着身上的面粉，啪啪地响。

　　"给咱包一顿饺子吃吧，正施红薯地里的粪，是出力的时候。"

　　"没面了，要吃你去磨吧。"

"那面呢？"回回叫起来，"你不是才磨过几天吗？面都给谁吃了？"

"你这话啥意思？"

"没意思。"

"没意思你就别问了！"

回回原以为到这个时候，烟峰会将他当起这个家的主人、她的丈夫来，没想她越发冷得厉害，一时又厉声喝问：

"我偏要问，麦面呢？"

烟峰看着回回，脸放得十分平静，说：

"送给禾禾了！"

回回叫道：

"我黑水汗流地苦干是养活他人的吗？送给禾禾了，你说得多轻松！这家是你的吗？你有什么资格把家里东西送给别人？"

烟峰说：

"这家你一份，我一份，我为什么不能送？"

回回气怒起来，浑身都打战了：

"好啊！你一份我一份，你拿去送吧。送吧！"

他突然抄起了门后的一根榔头，一扬手将一个瓷瓮打碎了，瓮里的浆水菜流了出来。他一脚踢散了菜，又一榔头，打碎了罐子，又砸椅子。那锅台上的一摞细瓷碗一下子被打飞了，哗啦啦碎片飞溅。

烟峰一直站在旁边，不哭，也不动，只是冷冷地笑：

"哟，多大的本事，都打碎吧，锅也砸了，房子也点了吧！"

回回扬起的榔头，冷不丁停在了头顶，那么凝固着，一分钟，两分钟，突然从身后掉下来，自己扑倒在地上号啕大哭了。

十二

回回委委屈屈睡了一夜，又是半个白天，爬起来，眉不是眉，眼不是眼，脸灰得像土布袋摔打过一样。他悄没声地到了白塔镇上，重新买回了瓷瓮、盆罐、碗盏，后悔自己花费了数十元。回到家里，就又收拾起那只断了坐板的椅子，便拿锤子一下一下在上边钉起钉子。

烟峰没有理睬他。等把损坏的家具全部恢复之后，他们两个和和气气地把家分了。没有证人，也不写文书，烟峰拿了小头，就住在厦子房里。夫妻两个并没有离婚，但睡觉再也不枕一个枕头，吃饭不搅一个勺把了。

烟峰更多地往禾禾那儿去，这使回回伤心而又没有办法。鸡窝洼和白塔镇上的人都在议论，一见面，就总要问：

"回回，听说你把家里的东西全打碎了，你怎么就能下得手呀！"

回回讷讷地说不清字母。

从此，他很少到稠人广众中去，整天泡在那几亩地里。地里的麦子一天一天黄起来，他最大的乐趣就是看那麦浪的波动。风从山梁上下来，麦浪从地那边闪出一道塄坎儿，无声地却是极快极快地向这边推来，立即又反闪过去，舒展得大方而优美。有时风的方向不定，地的中间就旋起涡儿，涡儿却总是不见底，整个麦地犹如一面宽大的海绵被儿，厚重而温馨地颤动。回回将烟袋在后领里插了，搓起一穗两穗麦来，在手里倒着，用嘴吹着麦皮，然后一颗一颗放在嘴里慢慢地嚼，一边乜着小小的眼睛观看着四周旁人的麦地。谁家的麦子都没有他家的长势好呢，这使他得到了很大的安慰和满足，常常要对着那些在地里干活的人说应该种什么麦，应该施什么肥，说得头头是道。

最听他指教的，态度又最是谦恭的，当然是麦绒了。麦绒家的地里，种了三分之一的大麦，种了三分之一

124

的纯小麦，剩下的三分之一则麦地里套种了豌豆，称作猴子上竿。麦子都长得不怎么景气。先是大麦成熟得早，鸟儿就成群成群地飞来糟蹋。后来豌豆麦地里，就又出现什么野物打窝的痕迹，庄稼损坏得很厉害。她一看见回回出现在地边，就抱着孩子打老远地叫他：

"回回哥，这豌豆地里糟蹋得糟心呀！"

回回说：

"这是野猪干的。那没有办法，等稍黄些了，就收割了去。你把连枷杈把都收拾好了吗？"

"没的，孩子又常闹病，猪也三四天没空去给打糠，忙不过来呀！"

"我几时过来帮你。"

回回就少不了从麦地堰上走过去，到了半山洼后的麦绒家。麦绒已经从山后的树林子里砍来了树杈子，回回就在火上烤着，在门槛下弓着弯度，然后用枸树皮扎起连枷，扎起扫帚，安着木杈。他干活很卖力，又常不吃饭，麦绒就照例给他买好烟，少不了说一些家常：

"回回哥，你和我烟峰姐还闹别扭吗？你们那日子比不得像我们这样，有个好家真不容易呢！"

"唉，麦绒，"回回说，"我本来人盛盛的，现在也是灰了，我也不知道我哪点不好，也不知道她心里又是怎么个想法。让她闹去吧，这些人也是不吃亏不回头，我也懒得过问了，随她去吧。可以砸盆子砸瓮，人是砸不住的。"

麦绒说：

"在农业社的时候，啥事有队长操心，家家日子穷是穷，倒过得安生。地一分，各人成各人的精了，人心就都有了想法，日子反倒都过乱了，也不知道这是怎么了？"

"谁说得清楚呢？"

回回就再不愿说什么了，几只苍蝇不停地在身上飞，赶了去，去了来。他拿起蝇拍接连打死了几个，但还有几只总是打不住，反倒老要落在蝇拍上。

就在这时，后山的什么地方，有了沉沉的一声枪响。

"谁在打猎？"麦绒说。

"是禾禾，野猪糟蹋麦地，听说他和二水抽空就去打哩。他什么都想干，可什么也干不如意。"

"听说山上的桑苗长得不错，他已经开始喂蚕了？"

"我没去看。"

"烟峰姐还在帮他养蚕吗？"

"甭提她了，麦绒，他们爱怎么就怎么。咱把咱地种好，到头来，他们还得回过头来求咱们，我敢这么把话说死哩。"

回回果真再不关心禾禾养蚕的事，他等待着有风声传出禾禾的又一次失败。每天从地里回去，他留神着烟峰的脸色，想从中看出禾禾那边的情况。但是，烟峰始终显得很活跃，她隔三天、四天，就跑去帮禾禾采桑叶，经管幼蚕。

桑树泛活之后，趁着地气，叶子很快生出来，这是一种优良树种，叶片比一般桑叶大出一倍，而且抽枝特别凶，每天都可以摘下好多叶子。禾禾就开始了孵蚕，跑了几次县城，也买了许多书籍，他也学着在叶子上喷洒葡萄

127

糖水，使蚕大大缩短了成熟期。长到亮色的时候，他和二水上后沟割了好多毛竹，全扎成捆儿，搭起了一个偌大的毛竹捆子棚，放蚕织丝。肥嘟嘟的蚕就到处乱爬，选定一个地方，用自己的丝把自己包围起来。

这稀罕景儿山里人从未见过，一时间来看的人极多，甚至县农林局的干部也来过几趟。这些陌生人看见烟峰在那里忙出忙进，还以为她是这里的主妇，总是要求讲讲他们夫妻植桑养蚕的过程。她就脸色大红，说她不是主妇，弄得来人倒不自在了。

吃的问题当然还未彻底解决，禾禾已经搓揉着未成熟的麦子吃了几次浆粑。当野猪开始糟蹋庄稼的时候，他也感到十分可惜，一有空就背枪和二水去打猎。周围的人家都感激起他来，他说：我没什么能耐，这几年，日子过得狼狈，给鸡窝洼没有好处，反拖累了大家，打野猪也算是一种出力赎罪吧。竟有一次，他追赶一群野猪，藏在一个崖后，看准群猪跑过来，对为首的放了枪，那头野猪就一头从崖上跌下来倒地死了。而群猪走动是一条线的，后边的看见为首的跌下去，以为它在跃涧，紧跟着都冲上崖头，一头一头就从崖头跌下去，竟一连摔死了七头。

一枪打死了七头野猪，禾禾的声名大作起来。他出卖了这些野味，收入了一笔钱，一部分买了粮食，一部分购买了一批葡萄糖水，使他的养蚕业有了更多的资本。七只野猪的消灭，使鸡窝洼的庄稼再不被糟蹋，家家都说起了禾禾的好处，当麦子熟透搭镰之后，好多人来帮他收割，又主动将农具借给他使用。所以，虽然经营着养蚕，地里的活并没有耽误：别人收完了，他也收完了；别人碾净了，他也碾净了。

落在人后的是麦绒。正当龙口夺食的时候，孩子发一次高烧，她只好锁上门在镇上卫生所里厮守孩子三天两夜。回来已经有好多人家将麦收到场里了。她急得要死，眼角烂了，嘴角也起了火泡。回回跑来帮她割，二水也来帮她往场上运。她感激得不知要说些什么，每次提前回家精心做饭。天气炎热，她浑身都出了痱子，趁着没人，在家里就脱了上衣擀面条。这天正好回回和二水挑了麦担进了门，她哟的一声进了卧房去穿衣服，回回和二水都吓了一跳，互相对看了一下，都没有说话。麦绒穿好了衣服出来，脸子红粉粉的，回回似乎什么也没反应，照样问这问那，干这干那。二水却走了神，又极不自然，背过麦绒，就死眼盯人家，麦绒一看他，却眼皮又低下去。后来他到厕所去，长时间不出来，厕所正好在厨房的东南角，他站在那里，伸着脖子又呆看麦绒在那儿擀面，两只奶子一耸一耸的。回回抱着孩子在院子里，瞧见了他的呆相，过去用一块石头丢在尿池里，尿水就从尿槽里溅上去，湿了他的腿，赶忙走出来，坐在那里安分不动了。

其实这些，麦绒已经知道了，她在擀面的时候，窗台上正好放着一个镜子，偶一抬头，什么都反映在了里边，当下心里又骂二水，又觉得二水可笑，越发信得过了回回。吃罢饭，二水一走，她说：

"回回哥，二水要再来帮我，你替我挡挡他。"

"那为啥，人家能来也是一片好心哩。"

"他长着另一个心哩。"

"这我知道，心思是有心思，却还不是坏人呢。"

"我也看得出，要不他别想跨这个门槛。"

回回就说：

"麦绒，你的事情你也要往心上去，看样子你不会再跟禾禾和好，可年轻轻的总不能这么下去，一是没个外边劳力不行，再就是，也容易让别人说闲话，比如二水毕竟还是老实人，若遇上贼胆儿大的，心烦的事儿就多了。"

麦绒说：

"我也是这么想的。没个男人，外边没个遮风挡雨的，里边没个知冷知热的。有些事不乞求别人吧，一个妇道人家拿挪不动。乞求别人了，什么事也能惹得出来，我敢相信谁呢？这收麦天里，要不是你从头到尾帮着我，我真要变得人不人鬼不鬼了！可鸡窝洼就这么大，白塔镇就这么大，扳过来数过去，就那几个光棍汉。我总不能再找一个比禾禾差的让他耻笑，可哪儿有合适的呢？"

麦绒说到这里，脸面很灰，孩子在怀里抓着她的头发，她用手往后拢，孩子又抓下来，她也就不管了，撩了衣服，把孩子的头捺在那里吃奶，不时就露出白花花的肉来。回回眼光别转到一边，心里想：一个女人离开男人，也确实是没脚的蟹了。禾禾在这个屋里当主人的时候，虽然打打闹闹，但麦绒的气血是好的，人也讲究收拾，现在一切都由她了，活路一多，再和孩子绊缠，这一半年里倒老得这么快哟！这一身衣服，怎么变得这么皱皱巴巴？她还年轻，不能不找个男的，可她说的这席话，他回回倒真为难了。他不知道自己怎么来回答她，是他提起了这件事，到头来他却只有安慰麦绒不要急，车到山前必有路，算走算看吧。

麦绒也知道回回的安慰一切都是空的，但还是感激着他。夜里总是睡不着，想着自己的半生，怨恨自己的命不好，既然禾禾做半路夫妻，天不该就使她有了孩子。一想到这孽根孩子，她心里却充满一种怜爱，觉得也亏了有这个孩子使她的心才没有垮下去。但是，也正是为了这孩子，她得尽快地再找一个男人来做自己的丈夫。她正在收拾打扮的年龄，却不能做得过分，惹招外人说她不安分。她慢慢不讲究起来，头发也总不光，鞋袜也总不净，一出门，自己也感到了丢人。她现在才深深体会到，做人难，做女人难，做一个寡妇更难啊！

麦子晒干晾净以后，麦绒用斗量了，收成确实比往年多出了许多，能收下这么多粮食，简直使她都有些吃惊。农民嘛，只要有粮，天塌地陷心里也不用慌了。这些珍珠玛瑙般的麦子，不都是自己血汗换来的吗？不都是没有禾禾的胡折腾，安安分分劳动的结果吗？她感到了一种自力更生的农民的骄傲。想：娘儿两个，这粮怎么吃也吃不完了，我何不拿些粜出卖钱呢？

钱对于这孤儿寡母，却是多么地迫切。自离婚以后，麦绒做了掌柜，吃的穿的花的用的，哪一样她都得操心，哪一样少得了要钱？最烦心的是亲戚邻居的红白喜事的上礼，简直使她喘不过气来。人的日月比以往滋润了，老人的祝寿，小儿的满月，新人的过门，死人的头七、二七、百日、三年，别人去了，你不能不去，礼钱又不断上涨，一元的到了三元，三元的又到了十元。更是稍一宽裕就兴动土木，建屋筑舍，那又是上礼，五元太少，十元不多。一年仅这人面上的花销就有五六十元。她一个寡妇人家，钱只有出的，没有入的啊！

"回回哥，"麦绒找着回回，跟他商量道，"钱花得如流水一般，又不得不花。寡妇人家撑门面越发要紧，这一半年我实在是挖了东墙补西墙。今年地里收下了，我想去卖上一些，你看看，别人都盖房，我这房上还没有添过一页新瓦，家里盆盆罐罐也得换换，炕上褥子也烂了，被子也破得见不得人了，到处都要花钱呀！"

回回很赞成，到了初九，白塔镇上逢集，回回和麦绒装了两个箩筐新麦担去。集市还未到洪期，但一溜带串地摆了好多籴麦子的筐担，麦绒吃了一惊，说

"这么多籴粮的吗？"

"今年都丰收了嘛！"

"往年都是籴的，今年倒都籴了。"

"农民嘛，靠的是地土吃饭，只要守住地，吃的有

了，花的也就有了。这话我不知给禾禾说过多少回，他只是不听。他现在有什么，没有粮也没有钱啊！"

麦绒显得气很盛。站在那里，看着集上过往的人，头脸仰得高高的，似乎是在夸耀：我寡妇怎么样，我有的是粮食，这粮食就是钱啊！她很想这个时候能看见禾禾也到集上来，让他亲眼看看她。

集上的人慢慢多了起来，祟麦的人继续往这里摆担子，但籴麦的人却很少，常是一些人挨着麦担用手抓着麦粒看，总是不肯交易。一个人到麦绒的麦担前，蹲着，抓一把来回在手里倒，又丢进几颗在口里咬着。

"这号麦还有弹嫌的？我的天爷，这是老阿勃麦，仁仁多饱啊！"

"多少钱呢？"那人问。

"老价嘛，"回回说，"三角五一斤，你要买多少？"

那人狠狠地看了回回一眼，站起身却走了。

"唵，你这买主，怎么一句话不说就要走了？"

"你这人也是一把岁数的人，说话怎么没个下巴？"那人回过头说，"你那麦子也值得三角五吗？"

一句话，使回回和麦绒都吃了一惊，疑惑得不知如何才好。麦绒说：

"这事才怪了，三角五在往年是顶便宜的了，他怎么说出那话？"

回回便往别的粮担前问价去了，转了好大一会过来，脸色就十分难看，蹲在那里长吁短叹。

"别人和咱是一个价吗？"

"二角三，二角四，上好的才是二角五。"

麦绒叫了一声，呆在那里不动了。

"麦价怎么跌得这么厉害，往年苞谷都是二角八呀！"

"这都是怎么啦，粮食不值钱啦？"

"天爷，这一担麦子，才能落二十多元吗？不至于会这样吧？"

"不至于会这样吧？"

两个人说完，都没有了话，直盯着麦担子出神。有好几个买主过来，都说着这麦子好，但还是有给二角三的价，有给二角四的价，麦绒就生了气，摆着手说：

"世上便宜的事都叫你们去捡了？不卖，三角五的价一分也不能少！"

旁边的人都瞧着她笑，说这女人八成是疯了呢。

麦绒只是黑青着脸，也不答言，拿着一双火凶凶的眼盯着过往买主，似乎这些人不是来买麦子的，倒是来合伙要打劫她一个寡妇的。怀里的孩子又直闹着要吃奶，她没好气地就扇了一个耳光，孩子哭起来，回回忙抱过去，千声万声儿哄着。

太阳已经照在头上，影子在脚下端了。好多籴麦的人办成了交易，骂骂咧咧挑着空箩筐回家去了。麦绒的麦还一两没有卖。她要再等等，始终不能相信麦子会这么便宜。那么，她收下的那些麦子，才能值几个钱呢？但是，一直到日头偏西，集上的人稀稀落落起来了，麦价还是不能上涨，她肚子已经饥得咕咕地响。她摆摆手，说：

"回回哥，怎么办呀？"

"你说呢？"

"钱总不能没有呀，卖吧，卖了吧。"

回回就又拉来几个买主，反复在那里讨价，最后双方只差到一分钱在那里不可开交，麦绒说：

"二角五你还不买，你以为这粮食是好种的吗？你是造了孽了，这么作践粮食？好了，二角五你要不买，我就担回去了！"

买主总算把麦子买下了。当麦绒接过那一叠叠人民币，浑身哆嗦起来，像是受了一场欺骗和侮辱。钱一到手，她就去商店给孩子买了一身花衣服，给自己买了一件的确良衫子和一双雨鞋，剩下的仅仅只有几元钱，她一下子全掏出来，买了一条香烟交给回回了。

"麦绒，我哪儿就要抽这烟，这是咱农民抽的吗？"

麦绒说：

"我只说今日卖了钱，要买一件衣服谢承你，谁能想到只落下这几个钱，你抽吧，我还能再给你买些什么呢？"

回到家里，麦绒情绪不好了几天，见猫打猫，见狗踢狗。"农民真是苦呀！"她想，"这二亩地里，一年到头不知流了多少汗水，仅仅能赚得几个钱呢？看样子这房子甭想翻修，这锅盆碗盏甭想换新了，光油盐酱醋，小幺零花，一切都从哪里来啊？"

她不想再去籴粮食，但粮食又吃不完，就将粗粮统统为猪煮食。槽上的两头猪是她去年夏天抱的猪崽，虽然已经七八十斤，但一直舍不得加精料，每顿只是倒两碗剩饭拌一盆糠就是了，猪长得一身红毛。现在她突然意识到家里的一切开支花费，就全得靠这黑东西了。就每顿给猪煮食，端到猪圈里，一边搅着给猪吃，一边还不忍心地说：

"吃吧，吃吧，你要再不长肉，对得起谁呢？"

猪当然并不亏她，加了料后，一天天如气吹一般长大起来。

那一层绒毛似的红毛就脱了，浑身泛起白色。每每回回到家里来，她总是让回回下圈去摅摅猪的脊梁。

"有三指的膘吗？"她说，"吃了我好多粮食了！"

"估摸一百三四了。"回回说，"活该你的日子要过顺了，猪长得这么快。把料加上，再有一月，就可以杀了呢。"

"我不杀。"她说，"自己吃了能咋？交给国家，落一疙瘩钱，也能办些事呢。"

十三

入了夏，禾禾的蚕棚里蚕越来越多。他已经收了两次茧了，第三代蚕又开始织起来。这期间，他很少到白塔镇上去，甚至门也顾不得多出。二水一直在帮着他，却时常给他提供着外边的消息：回回怎么三天两头去麦绒那儿了，如何帮她去卖猪，如何帮她分劈柴……他心里就念叨回回的好。虽然自己和麦绒离婚了，但对于一个寡妇过日子，他也盼有人能替自己去照顾她。但是，二水这话说得多了，慢慢也便嘀咕起来：回回和麦绒虽然都是本分之人，可一个做了寡妇，一个和老婆分家另住，他们会不会？……他有些酸酸的，酸过之后，也便想开了：人家的事我还管得着吗？可终究心里不舒服，转过来又想：这么一来，烟峰是怎么想的呢？他们毕竟还是夫妻啊！这么翻来覆去地思想，尤其是他一个人在庵子里拐着石磨的时候，竟弄得他六神不安了。

这一天下午没事，他到了白塔镇上的小酒馆里去喝酒。天阴沉沉的，又刮着风，枯叶、杂草、破纸、鸡毛卷着圈儿在酒馆外飞旋，他喝得很多，直到了日近黄昏，才摇摇摆摆返回庵里。二水却没有在，连叫了几声没回应，自己也没有一丝力气，瓷呆呆坐在门槛上不动了。这当儿，门外的树林子里，有了一阵一阵狗吠声，卧在案板下的没尾巴蜜子就呼哧呼哧扇动鼻子，要从门里跑出去。

"嘻！"他大声吼了一下，而且将脚上的一只鞋扔了过去。蜜子尖叫了一声，四蹄撑在那里。"你他娘的去干啥呀？你那么不要脸的，你再跟那些野物去，我一枪打死了你！"

蜜子还撑着，看了他一会儿，耷头耷脑地返回来，重新在案板下卧下。门前树林子里的狗咬声越发大起来。这些野狗是从镇子那边跑来的，发情期里它们肆无忌惮，几天来总是围着木庵咬，勾引蜜子出去，整夜整夜在那大树后连接，样子野蛮而难看。鸡窝洼的人都讨厌起这种丑行，知道这全由蜜子引起的，就说了好多作践禾禾的话。禾禾狠狠揍过蜜子，似乎这种武力并没有能限制了它的爱情，每夜还是要去树林子幽会。禾禾曾驱赶过那群勾引者，但它们一起向他撕咬，而且轮番狂吠。他只好将蜜子死死关在庵里。

"二水！"他又喊了，要二水拿枪去打这群死不甘心的求爱者。二水不知跑到什么地方去了。他站起来，去取下了枪。就在开始装火药的时候，屋子里哐啷啷一声碎响，那蜜子却箭一般从门里冲出去，立即七条八条大狗旋风一样地窜过树林，逃得没踪没影了。

他端着枪，站在庵前，盲目地对着树林上空，咚地放了一声。

这一声枪响，使二水吓了一跳。他正蹲在一块地堰下拉屎，赶忙撕下一片瓜蔓叶子揩了屁股，提了裤子站起来。禾禾看见了他，眼睛红红的。他走过了几步，却反过身子又走近那粪便前，用石头将那脏物打得飞溅了。

"你回回甭想拾我的粪！"他狠狠地说。

原来，禾禾下午到白塔镇去了以后，他就又到麦绒家了。刚刚走到屋旁的一丛竹子后，却看见回回垂头丧气地从门前小路上也往麦绒家去了。回回中午和烟峰又打闹了一次，双方的脸都打破了。回回怕是不愿在家待，就到麦绒这儿来了。麦绒从屋里迎出来，两个人在那里说话。

"回回哥，你怎么和嫂子又闹了？"

"麦绒，我伤心啊，饭饱生余事呀，她脾气越来越坏了！"

"你不要往心上去，气能伤身子哩，多出来散散，或许就好了。"

"我还有脸到谁家去？人家问我一句，我拿什么对人家说呀？"

"……我不笑话，你就到这里来，和孩子说说笑笑，什么事就能忘了呢。"

"……"

"你吃过饭了吗？我给你拾掇饭去。"

两个人就进了门，门也随即掩了。屋里传来风箱声和刀与案板的咣当声。

二水一直等着，不见回回出来，心里产生了一种嫉妒。他已经证实了禾禾和麦绒不会破镜重圆了，但却发现直接威胁到他利益的则是这回回。麦绒似乎对回回特别好，他二水给她出了好多好多力，但从未有一个笑脸儿给他。现在，他不好意思再进屋去骚情，就快快退回来。一心想着报复回回这个情敌，但又想不出怎样报复，知道回回是这个洼里唯一清早起来拾粪的人，就打飞了自己的粪便，不让他得到自己的一点点便宜。

禾禾追问他到哪儿去了，他不好意思说去了麦绒家。但妒火中烧，还是加盐加醋说回回和烟峰又打了一架，回回就到麦绒那儿去了，两个关了门，在家里又说又笑，七碟子八碗地对着盅儿喝酒哩。

"没德行，他们怎么能干出这事？！"禾禾趁着酒劲，嘴脸一下子乌黑了。他把枪扔给二水，让他回去。要是那群狗来了，就往死里打，打了剥狗皮，吃狗肉，自己就小跑赶到麦绒家的窗下。

半年多了，他还是第一次站在这个地方。在那个做丈夫的年月，他一站在这个地方，就听见了麦绒在家拉风箱的声音和孩子的哭闹。那种繁乱的气氛却使他感到一种生活的乐趣，他总是问道：饭做好了吗？麦绒或许就在屋里命令他去给猪喂食，或许叫拉牛去饮水，或许就飞出一句两句骂他出去了就没有脚后跟，不知道回家的埋怨话。可现在，这一切都是那么遥远，那么陌生，而屋子里亮着的灯光下，坐着的却是回回。他想一脚踹开门去，骂一顿回回对不起人：麦绒是个人自主，与她好或是不好，他禾禾管不上，可你回回和烟峰吵闹之后就跑这里来，你对得起烟峰吗？

屋子里并没有喝酒嬉笑的声音，奇怪的却有了低低的抽泣声。禾禾隔窗缝往里一望，回回坐在条凳子上，麦绒坐在灶火口的土墩子上，两个人都没说话，而嘤嘤地哭。

"我怎么也弄不清白，你嫂子就变成这样人啊！"

回回说。

"人心难揣摸呀，禾禾不就是个样子吗？"麦绒说。

"唉唉，咱这两家，唉……"

禾禾站在窗下，却没有了勇气冲进去……

他慢慢退回来，一步步走进木庵子里，二水询问看见了什么，是不是教训了回回一顿，禾禾只是不语。问得深了，啪地在二水脸上扇了一耳光吼道：

"你以后别弄是作非。我告诉你，回回和麦绒的事，你不要管，也不准给外人胡说！"

二水恼羞成怒，骂起禾禾来，就卷了被子要回家去。禾禾酒意醒了，过来叫二水，二水却毅然走了。走到林子边，回头说：

"你也不要给我开工钱了，席底下压着的那三十元野猪肉钱我已经装在怀里了！"

禾禾倒在炕上，大声喊蜜子。蜜子还没有回来，它正在远远的林子后恋爱呢。

过了五天，禾禾收了茧，足足装了一麻袋。他在白塔镇的班车站牌下等车，要去县城。

他想离开鸡窝洼几天，一是去清清心，二是趁机自己把茧出售给县丝绸厂。

班车开来了，他买了票，就爬到车顶上去装自己的茧麻袋。等走下来，烟峰却坐在车上了。

"你到哪儿去？"他差一点惊叫起来。

"县城。"她说。

"县城？去县城有什么事吗？"

"没事就不能去逛逛吗？"

"就你一个人？"

"你不是个伴吗？"

禾禾疑惑地坐下来，烟峰问他：要到县城去，为什么不给她打个招呼？

"不是我做嫂子的说你，你想什么，想干什么，我不见你，闻也闻得出来！你怕我花你的钱吗？我烟峰有的是钱哩。"

"嫂子，"禾禾说，"你没事，何必去花钱呢，你还是回去吧，或者改日再去吧。"

"这是你的车吗？你是我的丈夫吗？瞧你那口气！我偏要去看看，多少年里我就想到县城去，去看看那是什么大地方呢！"

车开动了。半天后，将他们拉到了县城的大街上了。

烟峰第一次来到县城，她虽然整天向往着这个地方，作着万般的想象，但一来到这里，却使她一下子惶恐起来。这里的街这么宽，楼房这么高，简直令她吃惊，想不出来人住在那上边头会不会晕。在街上走着，脚还抬得那么高，立即被一群孩子注意到了，学起她的走势。她就脸色通红，尽量放低脚步，却一时扭捏得走不动了。便一步也不敢离地跟着禾禾，到一个商店，就进去看看，问问这样，又问问那样，声音洪大，惹得售货员都瞧着她笑。禾禾也觉得有些难为情，就说：

"你别那么大声，不懂的问我就是了。"

烟峰却说：

"他们笑什么呀，不懂就是不懂，咱是山里人嘛！"

逛完了全部商店，禾禾带着她到了丝绸厂卖茧。路过纺织车间，烟峰啊地叫了一声，她简直不敢相信自己的眼睛：那机器一声儿轰隆，像河流一样的丝绸就不停地泻出来。她从未见过织布，更没有见过织丝绸，那些女工，年纪都小小的，漂亮得像是从画上走下来的。她走近去，一会儿看看丝绸，一会儿看看女工的一双手，问这样问那样，人家回答着她，她却一句也听不清楚。一出车间，就说：

"这丝就是茧抽出来的？"

"可不就是。"

"我的天，这么好的事，这蚕该大养了！这些女子们都是吃什么长大的，这么水灵，手又那么巧呀，咱当农民的算是白活一场了！"

"咱也不算白活，不是也种粮、养蚕吗？"

"禾禾，你给嫂子说，你在外边跑的地方多，都是像县城这个样吗？"

"这算个啥呀，大城市的世面才叫大哩！"

"我知道了，我知道了！"

"你知道什么了？"

"你为啥和麦绒过不到一起了，你是眼大心也大了！让鸡窝洼的人都到这里瞧瞧，就没有一个人对着你叫浪子了！"

禾禾笑着说：

"嫂子还是开通！以后再到城里来，我一定还要领你呢。"

烟峰说：

"我真把人丢死了。等我有了钱，我一定要好好到外面跑跑，一辈子钻在咱那儿，就只知道那几亩地，种了吃，吃了种，和人家一比呀，咱好像都不是人了！"

"你可别跑得洋起来，烫个头发呀！"

"我才不稀罕那个鸡窝头！那要是收麦天扬场，落一层麦糠，梳都梳不开了哩！"

这天夜里，他们来到旅社，禾禾为她安排好了房子，自己就去找当年的那个战友借宿。天亮起来看烟峰，烟峰一见面就说了昨晚同房里的女干部拉她去洗澡，她一进浴室，就忙出来了，她嫌害臊，脱不了衣服，但却在旁边的一个房子里看了一场电视呢。

因为禾禾还要去农林局再联系一些养蚕方面的事，就给烟峰买了车票，送她返回鸡窝洼。

烟峰坐在车上，却叮咛禾禾也给她买些蚕种，她回去也要养呀，就把怀里那一卷人民币塞给了禾禾。禾禾也给了她一个纸包。车开动了，她打开纸包，里边竟是一双女式塑料凉鞋。

十四

禾禾也没有想到，他竟在城里能待七天。他本来是到农林局去要一些养蚕的材料，再买一些蚕种的。但农林局的王局长却对他极有兴趣，拉他列席了一个植桑养蚕会议，又去东山一个植桑专业户那里参观。禾禾在那里，大开了眼界，看到人家竟植了一架山的桑树，仅出售桑叶一年便可收入几千元。禾禾意识到自己桑植得太少了，当下和这位专业户订下合同，要求给他培育五千棵桑苗，当时就把烟峰给他的那笔钱交付了。

七天后，他高高兴兴回来，但一个闷雷般的消息把他震蒙了：烟峰和回回离婚了。

事情发展得这么快，鸡窝洼的人都感到了惊骇。这事禾禾没有料到，甚至烟峰也没能料到。她跟着禾禾去县城后，鸡窝洼好不热闹，都说是他们两个私奔了，而且以私奔为话题，风声越传越奇。有的说禾禾把麦绒离了，目的就是为了得到烟峰，可怜回回竟把禾禾当作了座上宾，扮演了一个可笑的戴绿帽的角色；有的说他们早就鬼混在一起了，干些不干不净的事。烟峰不会生娃，所以事情一直没有败露，这次私奔，三天前就在树林子里密谋好了；有的则一口断言：他们不会再回来了，可怜坑害了麦绒和回回，使两个好端端的人家鸡飞蛋打了。风声作用很大，人们似乎都倒向了回回，都来安慰他，在他面前骂着那一对浪子。回回一想到自己四十多岁的人了，儿子没儿子，老婆又没了，伤心起来，趴在门口哇哇地哭。

麦绒抱了孩子来劝说，反一劝，正一劝，替回回说宽心话：

"人心隔肚皮，知人知面不知心啊，谁能想到，这做嫂子的能干出这等事来？也罢了，经过这事，你也就看清他们是什么人了，以前你还一心偏护着禾禾呢。"

回回只是哭着，拿拳头打自己的头，骂自己瞎了眼，却也可怜起自己这一家不能传下去，这一份家业就在自己手里毁了。麦绒也流了眼泪，拉起回回说：

"回回哥，命苦到咱们两个，也就再不能苦了。你要不嫌弃的话，咱们两家合在一起，我麦绒没什么能耐，我只图把好这个家，不让外人再耻笑了咱。你若不悦意的话，这话权当我没有说，你再托人续上一房，你要心盛盛地过活下去。你还是这鸡窝洼的富裕户啊！"

回回看着麦绒，他没有想到这个寡妇能在这个时候说出这等言语，才明白了这是一个很有心劲的女人。她没了丈夫，硬拉扯着儿子撑住了一家人的门面，倒比一个男子汉要强得多，当下站起来，将孩子一把抱在怀里，泪水长流。

"麦绒，你能说出这种话，我回回一辈子也得念叨你的恩德。可禾禾和烟峰一走，咱们再合在一起，外人又会说出些什么呢？"

麦绒说：

"回回哥，咱们吃亏也就吃在这里，外人能说些什么？大不了说这两家人像戏文里边的事。可到了这一步，也顾不得这些了，要顾这些，我一个寡妇来对你说这些话，还成了什么体统？可没办法呀，好端端的一个家，突然破了，我知道那苦楚，你这么好心的人，我不忍心你也那么苦下去。"

麦绒说着，眼泪也扑簌簌流下来，回回第一次抓住了麦绒的手。那手粗糙得厉害，记载着一个寡妇人家的艰难。他握着，麦绒也不抽回去，两个人哇地又都放声哭了。

这天夜里，他们一直边说边哭。坐到鸡叫头遍，麦绒要回去。开开门，外边黑得像锅底，回回说：

"太黑了，孩子已经在怀里瞌睡了，会感冒的，你就睡在这里吧。"

麦绒说：

"使不得的，回回哥，咱可不能让外人说些什么不中听的话来。咱们的那场事，你也不要急，可一定要找个媒人来说合，名正言顺的。咱要成，也是成得堂堂正正，把任何人的嘴都堵住了。"

回回点点头，一直把她送到了家。

可是第二天中午，烟峰却出人意料地回来了。当她从车上下来，白塔镇上的人就发觉她满面春风，而且脚上穿了一双崭新的塑料凉鞋。深山里穿这种鞋的人很少，只是一些孩子们穿的，而一个中年妇女突然穿上了，就觉得新鲜、显眼。大家都往她脚上瞅，她并不害羞，反觉得这有什么可稀奇的呢？人家县城……她一想到县城，反倒觉得这些人可笑了。一路上同一切熟人打招呼，所有的熟人都一脸惊骇，在问：

"你怎么回来了？"

"这不是鸡窝洼吗，我不回来，要上天入地去？"

"那禾禾呢？"

"他还在县上。"

"他又不要你了？"

"放屁！怎么是要我不要我？"

旁人疑惑不解，她也疑惑不解。一走到家里，闪过

157

竹林，迎面碰着回回，回回一下子傻了眼了。

"你还回来干啥？"回回眼红了，"还要再倒腾家里的财产吗？"

"这你管得着？"

"我现在就要管了！你和我还没有离婚，你干这种事，不怕天打雷击？我什么都迁就你，随着你的意来，只说你能再回心转意，你竟这么报应我？我看我再要这么老实下去，你们会把我勒死呢！"

"我们？"烟峰觉得事情不对头了，"我们是谁？"

"你还以为能蒙着我，好一步步吞了这份家当吗？你们私奔，你们就远走高飞，我永远不见到你心里也清静，权当你们都死了！"

"私奔？"烟峰跳起来，叫道，"好呀，回回！你这么作践我和禾禾！什么叫私奔？你把话说清楚，你要不把这张脏皮给我揭了，我烟峰也不能依你！我嫁汉了？我在哪儿嫁汉？你捉住了？！"

烟峰拉住回回的衣服，回回狠命一推，烟峰倒在了地上，腮帮正好砸在一块石头上，渗出了血，烟峰爬起来，舞着双手就来抓，结果回回的脸上就出现几个血道子。两人纠缠在一起，一个说你和禾禾进城就是证据，一个说你满口喷粪；一个说你昨夜在哪儿睡的，一个说说妄话天不会饶的。

鸡窝洼的人闻声赶来相劝，但都明显地偏向回回，故意将烟峰手捉住，让回回多踢了几脚。烟峰发疯似的吼着，大声叫骂这些偏心的人。这些人趁势就又动手打起她来，往她的脸上吐唾沫。回回也觉得不忍了，拉开了大家。大家又都埋怨回回手太软：应该狠狠教训教训这个不要脸的婆娘。烟峰受不了这种侮辱，指着回回骂着：

"回回，你好个男子汉，你打了我不算，你还站在一边看着这些人打我，你还算是我的丈夫啊！"

回回说：

"谁是你的丈夫？你要认我这丈夫，你也不会这个样子！你给我滚远些，这个家没有你的份！"

"我没有和你离婚，你敢！"

"没离婚现在就离婚！"

"离婚就离婚！"

烟峰爬起来，脚上的凉鞋却不见了，回回早将鞋踢在一边的水沟里，她把鞋提起来，重新穿好，两个人就披头散发地去了白塔镇。

第一次离婚，没有成功，第二天又去，第三天还去，公社同意了。当烟峰把自己的指印按在那一张硬硬的纸上，捂住脸就往外跑。在石河上的那独木桥上，她觉着天旋地转，一头栽下去，浑身精湿。当夜就在判给她的那厦房里一病不起了。

禾禾七天后回来，听到了消息，他像一头公牛般地冲进了回回的地里。回回正在地里锄苞谷，看见了禾禾，当下提着锄站在那里，禾禾也站住了。

"你要干什么？"回回说。

"我要问问你，"禾禾说，"你想打架吗，我告诉你，有你十个，我禾禾也不放在眼里！我只问你，你为什么那样对待嫂子？为什么要离婚？"

"为什么？你知道！"

"我禾禾对着天给你说话。烟峰嫂子对得起你，我禾禾也对得起你。我就是再不好，我还是人，我不是猪狗，我要做出什么丑事，我用不着来见你，我自己就一头碰死在那石头上了。你可以不认我，可以恨我、骂我，用刀子来把我杀了、戳了，我禾禾能忍了你，可我不允许你这样对待嫂子！"

"她是我的老婆，你没权利来管！"

"你可怜！"

"我可怜什么？"

"你连你的老婆都不相信，你还相信什么，你怕是连自己也不相信！你要还是人，你去给嫂子赔话，你们再去复婚，我禾禾可以永远不见你们，也可以永远离开这个地方！你给我回答！"

"我回回到了这一步，还要叫你指挥？"

"你不同意？"

"不同意！"

"好吧，回回，你会后悔的！"

禾禾愤怒地踢了一脚，面前的一个土疙瘩开花似的飞溅开去。他走掉了。

他回到了木庵里，大声地吼叫着，双手抓住木庵的椽头，想一下子把它摇晃塌了。又一脚踢开了那只装着酒的军用壶。接着提了土枪，装上了火药，一端起来就勾起了枪机，啪的一声，在庵子外跑着闹着的那只跟随了自己多年的没尾巴蜜子，就在空中弓了一下身子，倒在地上不动了。他丢开了枪，扑过去抱住了蜜子，撕心裂肠地哭叫起来了。

十五

　　半个月来，鸡窝洼经常可以看见一个人，这就是白塔镇小学炊事员的老婆。她是个说媒的，一辈子没儿没女，家里却什么都不缺，全凭了她那张薄嘴。从年轻时起养得能抽烟喝酒，到了老年，更是馋嘴爱美，嘴上的功夫越发厉害。她一出现，人们就猜测她又在为谁牵线了。渐渐有了风声，她是要为回回办好事哩。因此每一次来，就在回回家连吃带喝。回回是烟鬼，她也是烟鬼，回回能喝酒，她也能喝酒。再后来，风声又放出来，她给回回物色的就是麦绒。鸡窝洼的人先是一惊，再就觉得这事可以。又一想这形势，更觉得这是天成佳偶，没有一个不赞成的，说这媒婆办了一件人事。回回和麦绒听了，心里自然悦意。但媒婆趁势三天两头来，来了就吃喝，临走又不空

163

回，不是提一串两串熏肉，就是灌一罐半罐甘榨酒。麦绒就对回回说：

"让你找个媒人，人面子上看得过去就是了，你怎么倒这么宠了这老东西。她是没底的坑，倒不是来说媒的，是来收咱的债来了！"

回回说：

"破费些钱财就破费吧，我也是咬了牙子的。她总算还是合了咱的心意。咱过日月是大事，不被人背后指指头就托了万福了。"

再过了十五，他们就扯了结婚证，热热闹闹地办了喜事。本来是曲曲折折的一对夫妻，本来是半桩子年纪人的婚事，回回和麦绒并不想闹翻得多大。但鸡窝洼的人却故意要败败禾禾和烟峰的兴，偏来贺喜。又拿了锣鼓家伙来敲，又买了鞭炮噼噼啪啪鸣放，倒比年轻人的喜事办得还热闹。

禾禾一大早起来，就到山梁上桑林里去了。经过一个夏天，桑林已经能遮住了人。这一片苍绿的桑林，遮住了他头上的太阳，也给他心中投下了一层绿荫。烟峰离婚后，还常到他的木庵子里来，也到这桑林里来，她完全同意他将那笔钱订购了五千株桑苗，她也决定要在分给她的那面荒坡上植桑。禾禾就抽空去那面荒坡上挖鱼鳞坑，只等那批桑苗运来，他就可以帮她也植桑养蚕了。他甚至梦幻着这两面荒山坡梁，将会桑林连成一片……

对于回回的婚事，他知道了一些，没有作出任何反应，似乎平静得很，觉得应该是那样。他虽然痛恨着麦绒，但也同情她的孤苦。他也仇视着回回，但也知道他是一个会过日月的好手。他们能组合一家，倒使他能了却一桩内疚的心事。但是，他万万也没想到他们这么快地结婚，便一下子使他产生了说不上的一种伤感。他想起了自己，想起了烟峰，觉得他们的婚事是极大地、有意地挖苦和作践了他和烟峰。他承受不了，扛了七斤半的牙子镢，一个人钻到这桑林来。他不想让任何人看见他，也不想在这时候看见任何一个人。但是，一个人待在桑林里，却使他无法安静下来，脑子很乱，而且一阵一阵发疼。他就提了镢头往烟峰的那面荒坡上走去，开始继续挖那鱼鳞坑。刚刚到了那里，才要挖起来，一个人在轻轻叫他。这是二水。

几十天不见，二水竟瘦得像猴儿一样，正蹲在那边崖下拿铁锤在破石头：又干起他那凿石磨的手艺了。

"禾禾，你来了。"二水哭丧着脸说。

"你也来了。"禾禾回答着。

"禾禾，你知道吗，人家今日结婚哩。"

"我知道。"

"去了好多人，哼，都是溜尻子的角色！"

"你怎么不去呢？"

"我二水，哼，才不去呢！"二水说着就擂动了铁锤，一边敲打，一边说，"我去吃肉吗，喝酒吗，我二水，一辈子打光棍！打光棍怎么啦，世上光棍也是一层！我不去，他八抬轿抬我，我也不去！"

他边敲打边诉着，泪流满面。禾禾倒不忍心看他，扭过头走了。他一走动，将坡上的乱石蹬得哗哗啦啦往沟下掉，在沟底破碎着，轰鸣着。但他没有栽倒，身子也不打趔趄，一直走过去，在那最陡的地方挖起鱼鳞坑来。挖了一个，又挖了一个，那头上、脸上、脊背上，汗水成道成股地往下流，他从来没有这么大的力气，竟不歇气挖了三十个鱼鳞坑。当他对第三十一个鱼鳞坑扬起第一镢头的时候，胳膊发软起来，镢头无力再挖下去，就势躺倒在坡上，动也懒得动了。

这时候，他听见了一阵鞭炮声。

晚上，月亮涌出了东山，但是月亮的光明却使山峁上什么也看不清楚。太阳落山的时候，云雾就填满了沟壑，现在并没有退去。风在响着，万片树叶一齐翻动，发出一股漫天的"杀杀杀"的声音。远处隐约有着狼的嚎声，一只夜鸟扑棱棱飞过，接着什么也没有了。禾禾从地上站起来，长久地站在那里，看着白塔镇那边的灯光，看着整个鸡窝洼的灯光。回回的婚礼是在麦绒的房子里举行的，门口挂着两个红灯笼，灯光下，还有几个人影在门里出出进进。他突然笑了笑，觉得自己这一天里是不是有些那个了？甚至觉得今天自己应该去参加他们的婚礼……

他拍拍身上的土，开始往柞树林子中走去。那里有他的木庵，那是他的家，他的锅灶，他的地炕，他的蚕，可惜那条狗被他打死了。柞树林子里幽幽的，黑暗栖在那里，安宁也栖在那里。

他推开门来，啊的一声惊叫了。

木庵里，一盏小小的豆粒般大的灯芯燃在锅台上，灯光是那么微小，那么害羞和不安。满屋里笼罩了一团迷迷离离的光芒，烟峰正坐在墙角，背着身，在那里一下一下拐动着石磨。她今夜穿着一件禾禾从未见过的新衣，头发梳得光光的，脚上穿着那双凉鞋，扭动着后腰，动作是那么优美，样子是那么温柔。听见门响，她慢慢回过头来，一双眼睛静静地看着他，慢慢地站起来了。

"你……"

他们几乎都在说着，但声音太低了，各自看不见嘴唇在动，同时在那里站定了。

"你觉得突然吗？"

"你怎么在这儿？"

"你一天也没回来了。"

"我去挖些鱼鳞坑。"

"你真没出息。"

"我？"

"好了，你快抱些柴生火吧，你已经一天没吃饭了，咱们做一顿好吃的。"

"好吃的？"

"是呀，我把豆腐都磨了，做菜豆腐，你爱吃吗？"

沉沉的夜里，柞树林子的上空，一股炊烟袅袅地升起来了。谁也不知道，黑夜使炊烟没了颜色，但那烟中，却有着热。菜豆腐是将软豆腐煮在稀粥中的一种饭。在深山中米很少见，而吃米又在米里煮软豆腐，只是逢年过节时才讲究吃的。禾禾和烟峰却在今晚面对面地吃起来。他们吃得很香，每人都是三大碗，脸上就沁出了微汗。禾禾看见烟峰的脸上出现了少有的红润和嫩白。

他们在说着话，漫无边际，最后围绕着盖房的事。

"禾禾，你听我的，这木庵子无论如何是要翻盖了。"

"我不想翻盖。"

"没钱吗，我给你二百元钱。"

"钱倒有，茧已卖了三百元钱了。但我心思现在不在这里。我要再扩大养蚕业，然后还想买手扶拖拉机，我那战友已经答应帮我了。"

"但这房子一定得修！"

"那为啥呢？"

"要争一口气呀，咱不能让外人作践。你说你能干，就住在这木庵子里，别人怎么看你？我现在争不了气，干不出个事来，你就要撑出你的骨气来。让人看看你禾禾不是窝囊男人，不是倒霉鬼。你要靠你的能耐活得是一个堂堂正正的人，一个比任何人都强的人！"

禾禾静静地看着烟峰，猛然发觉这女人的刚强，说：

"嫂子，我听你的！"

烟峰却撇了嘴：

"现在谁是你的嫂子？"

她哧地笑了一下，将桌上的碗筷一拢收拾去了。

果然不久，禾禾砍伐了他自留山林上的一些树，让木工做了椽梁柱檩。县城的那个战友用拖拉机帮他拉运了砖瓦，又联系了一个修建队。三天之内，推倒了木庵，撑起了一座房子。房子却再不建在柞树林中，高高筑在桑林前的坡梁上，站在白塔镇就能看得见，一出门，方圆十几里的沟沟洼洼全都在眼底了。禾禾很是感激他的战友，更是感激战友的哥哥，那个修建队的头儿，他为人老实，言语不多，不幸的是去年媳妇难产去世，他便和村里几个年轻人组成修建队干些泥瓦土木这类的活计。答谢了这些盖房的人，禾禾突然冒出一个想法：把烟峰介绍给战友的哥哥，岂不是一件意外的好事？他把这想法告诉了战友的哥哥，那人当然高兴。只是烟峰十天前到五十里外的娘家去了。禾禾就说等人一回来，他就打电话给战友的哥哥来相亲。

烟峰回村那天，禾禾就把这事对她说了，她却笑得合不拢嘴。

"你笑什么？"

"你倒关心起我了？"

"你愿意吗？"

"你愿意我就愿意！"

战友的哥哥来了。他毛胡子的下巴刮得铁青，穿一身洗浆得硬邦邦的衣服进了烟峰的家里，烟峰正在家里做针线，冷不丁看见禾禾和一些人拥着一个汉子进了门，心里却慌了。她万没想到禾禾会真的领一个男人来相亲，当时她只当是说笑罢了，禾禾却要使它成为事实？又叫苦，又觉得好笑。她看那男人，进了门便满脸通红，一坐在那窗下的桌边，眼光不敢乱看，头低得下下的，一双粗糙的手在膝盖上摸来搓去。她想看清那脸，但却无法看清。旁边的人就又一声儿喊她，她就从窗子跳出去，从门里大大方方走进屋，一边锐声说：

"谁是来相亲的呀，让我也瞧瞧，哟，这么热的天，你还穿得这么严呀，你不热吗？"

大家几乎都呆了，立即明白了一切后，就乐得前俯后仰。那男人并不认得烟峰，抬头看着她，只是笑笑，脸上的汗越发淋淋。烟峰看清了一张憨厚老实的脸面，心里说：倒是靠得住的人。就又钻进小屋里，再也不出来了。

禾禾没料到烟峰会来这一手，当下也尴尬起来，进小屋问烟峰意见，烟峰说：

"你呀，你呀……好吧，你给他说，我也把他看了，人倒是好人，我得好好考虑考虑，过后给你个回话吧。"

禾禾出来对那男人说了，那男人才知道刚才那女的就是烟峰，越发窘得难受，说他没意见。禾禾就领他到了自己家里，那男人留下五十元钱，说是要是烟峰同意了，这就算作是定亲礼钱。禾禾把钱塞给了他，说：

"这使不得，她不是爱钱的人，这么一送，事情反倒要坏了。"

那男人只好收了钱，倒讷讷地说：

"我真有些担心，她倒是个厉害人呢。"

"估计问题不大，你等着我的消息吧。"

第一天过去，烟峰没有个回音。第二天过去，烟峰还是没有个回音。第三天禾禾等不及了，跑去讨问，烟峰说：

"我知道你会来的。"

"你同意吗？"

"不同意。"

"不同意？"禾禾有些急了，"那你……"

"我有我的主意。"

"你？"

烟峰定睛地看着他，说：

"禾禾，我该怎么来谢你呢。可我实话给你说吧，你要真对我好，你不要再提这场事了，你给那男人多说些道歉话，你就说我已经有了……"

"有了？"禾禾一点也没料到，"是你回娘家时别人介绍的？"

"介绍是介绍了，人也是看了，却还没得到人家的回音。"

"他是谁？"

烟峰脸却唰地红了，不再说话，而且就往外走，说：

"禾禾，你不要问了。明日我把名字写在你的门上，你就知道了。"

禾禾走了，走到家里，却突然想起烟峰并不识字，她哪儿会写出人名呢？一夜疑惑不解。第二天早晨，起来开门，门闩上却挂着一只正在织茧的蚕，那茧已初步形成，但薄薄的一层银丝里，明明白白看得见一只肥大的蚕。这是谁挂的？禾禾猛然醒悟：这是烟峰写给他的那个名字吗？一只蚕，在吐着它的丝，丝却紧紧裹了它。

"烟峰！"

他叫喊起来，清幽幽的早晨，没有人回答他，只看见门前的地上，有着一行塑料凉鞋的脚印。

十六

禾禾压根儿没有想到，烟峰竟想出她和他成亲的事。

他害怕见到烟峰。一连五天，他不到她那儿去。每每远远看见她，就赶忙躲开。但是，第六天里，烟峰却到他那儿去了。

"你成贵人了，几天都不见你的面了！"烟峰说。

"我病了，头昏……"

"是瘦多了，什么病？你也不吭一声，好些了吗？"

她走近他，手伸出来摸到他的额上。他立即转过身，假装去挪动那一排放蚕茧的竹捆儿。

"没事了，已经好了。"他说。

"好了就好，好了也不到我那儿去看看呀！真是应了'寡妇门前是非多'的话，现在很少有人到我那儿去了。我做了一顿麻食，只说你会去的，做了那么多，只好剩下来，天天嚼剩饭了。"

"我实在走不脱，这几天哪儿也不得去，这一批茧快要收了，走不离哩。"

"我也估摸。"

烟峰帮他收拾起蚕茧来。她看着一个茧儿出神了，那茧儿还没有织成，亮亮的看得见里边的蚕。

禾禾的心怦怦地跳起来，他害怕她突然问出他一句什么话来，使他无法回答。他斜眼看了她一眼，她正好拿眼睛过来看他，两对目光碰在了一起，他紧张地闭了一下眼皮。

她却并没有说什么。

他也一句话说不出来。

屋子里静悄悄的，只有蚕在吃桑叶的嚓嚓声。

他们都在默默地干着活。禾禾害怕起了这个安静，就想尽量向她说说话，却一时不知说些什么，便不停地咳嗽，或者翕动鼻子，末了问她喝水不，她说不喝，他却还是倒了一杯，又说让她歇着，问她吃沙果不，说是他昨天从地边的沙果树上摘下的。烟峰就笑了：

"禾禾，你是把我当娃娃了！"

禾禾泛不上话来，愣在了那里。

烟峰瞧着他的窘态却笑得咯咯直响。

"我该回去了。"她突然止了笑，就要走出，却顺手从炕上抓过了禾禾的一堆脏衣服，说，"我给你去洗，洗好了就晒在那边地头的草上，你记着吃过饭去收啊！"

她稳稳地走出去，一直走到坡下溪水边，在那里洗起来。禾禾一直看着她：她洗得那么快，使劲揉，然后举起拳头捶打着衣服。但慢慢地越捶越慢，越捶越轻，末了拳头举起来，却呆呆地发痴。等回过头来，看见他靠在门上看她，就又是一阵紧促的捶打……后来就一件一件晾在草地上，洗洗脸，闪过一片竹林子，不见了。

这天夜里，禾禾真的病倒了。他头疼得厉害，不能起床，昏昏沉沉地睡到中午。烟峰又来了，忙给他烧了姜汤，做了饭，喂着他吃了。他端着碗，眼泪却无声地流下来。

"禾禾，你怎么啦，你怎么啦？"

他一肚子的苦楚说不出来。

从那以后，烟峰几乎天天都来，她似乎和以前一模一样，来了就干这干那，又唠唠叨叨说他的不卫生。禾禾知道她把什么都看出来了，她在尽量表现着她的平静：我没有什么，事情成不成没什么，瞧我不是照常一样吗？

但他看出了她眼睛的红肿。她总要笑着说：夜里做针线活，又睡得迟了。

越是这样，禾禾越是感到不安。他突然想到一个主意：离开鸡窝洼一个时期。

于是，他将家里所有的存款都带在身上，又把收下的蚕茧装在一个大麻袋里，说是要到县城卖掉。就把家里的这些桑、这些蚕都交付给了烟峰，搭车就走了。在县城里出售了茧后，他找着了他的战友，竟加入到战友的包工队里，一住就是两个月没有回来。

这期间，县上在离白塔镇八十里的地方正兴修一座

179

水电站，以供应深山十多个公社的照明用电。禾禾的战友，那个手扶拖拉机手，组织了一个运输承包队，专门拉运电站的石料、水泥，赚得了好多钱，禾禾入秋后，就跟着学开拖拉机，十天后就能亲自驾驶，两个月里竟也分红五百多元。在他初到工地的第二天，他就给烟峰去了一封信，讲了他的近况，说明家里那些桑林、蚕让她好好照管，在他不在期间，一切桑、茧归她所有，以后卖了钱他一文不要，甚至如果愿意的话，他想将全部桑林和全部蚕茧都送给她，他想购买一台手扶拖拉机，要常年在外边跑动了。

烟峰收到信后，估摸是禾禾写给她的，但她不识字，心想禾禾才出去，又是很快就要回来，却给她写来了信，一定是对有关什么事不好明言，才以信写出来的，便又激动又心慌。有心让别人代看吧，又怕泄了秘密；不让代看吧，信揣在怀里，吃饭睡觉都不安宁。她倒骂起禾禾欺负她，又恨起爹娘没在小时供她上学，落得一个睁眼瞎来。

她最后专门到了白塔镇，找着了银行营业所那个烫发的姑娘，说了好多奉承话，讲了好多原因，而且带着一把水果糖，央求人家给她念念。

"哦！"当她听完信后，叫了一声，靠在那里眼光直了。她知道了禾禾写信的用意。一回到禾禾的蚕房里，关了门，抓过炕上的枕头又捶又打，叫着：

"我那么稀罕你的桑林，我那么稀罕你的蚕茧！你走什么，你走了就安顿下了我吗？我得了这桑、蚕就满足了吗？禾禾，禾禾，你在作践我呀，你把我当了什么人了？你给我回来，回来！"

她喊完了，骂完了，哭完了，心里却念叨起禾禾的好处来，越发日日夜夜想着他。担心他走时没有多带几件换洗衣服，那白日能吃得饱吗？晚上能睡得稳吗？她竟然深更半夜一个人偷偷跑到土地庙里向神灵磕头作揖，保佑禾禾施工能安安全全，活得快快活活。

她无法给禾禾打电话，更无法托人给禾禾写信。

"好吧，既然你是走了，我就给你把桑蚕经管好！"她这么拿了主意，日夜就不再回去，住在禾禾家里，夜里当她一个人睡在禾禾的被窝里，闻着一股浓重的男人的气味时，她总是要到鸡叫头遍才能合眼。

桑叶采了一遍又一遍，蚕熟了一批又一批。鸡窝洼的人都知道禾禾并不愿意和烟峰结婚，而又故意出走，就都拿嘲笑的眼光小瞧烟峰。当她去采桑叶，就有人少不了要问：

"烟峰，禾禾还没回来吗？"

"没有。"

"这真是个浪子，使你离了婚，他却屁股一拍就走了。"

"你这是什么意思？"

"没什么，烟峰，这也好哩，他怕是再不回来了，这一份家产也真够意思了哩。"

"你牙打了说屁话！"她竟破口大骂。

到了秋收季节，家家都开始收起苞谷、豆子、谷子来，烟峰就越忙得手脚打了锣。她要收自己地里的庄稼，又要收禾禾地里的庄稼。村里人都看着她笑，她也不央求任何人。但是，一些人手脚不干净，就偷起禾禾地里的苞谷。头一天中午，烟峰发现地头的苞谷长得好好的，第二天去收时却少了五六十个棒子。她立在地头，破口大骂，上至列宗列祖，下到子子孙孙，骂得蚊子都睁不开眼。夜里，她就在地畔巡看，发现一个人正在地里，瞧见了她，假装蹲下拉屎。她就在地口等着，那人一走出来，她笑笑地走近去，一下子抓住衫子往上一撩，那人的腰里，苞谷棒子一个拎一个系了一腰。那人却恼了，叫道：

"你要干什么？"

"我要给你披件贼皮！"

"这是你家的地吗，你管得着？"

"我就能管得着！"

"禾禾是你的男人不成？！"

"就是我男人，你怎么着！"

"呸！不要脸的破货！"

她一个巴掌打在了他的脸上。

两人厮打开来，她毕竟不是对手，头发抓乱了，肚子上挨了一脚，趴在地头上昏过去了。等醒过来，大声叫喊捉贼，跑过麦绒家门前。回回两口才从地里回来，院子里堆了偌大一堆苞谷，一边剥苞谷皮，一边三四个结在一起往屋檐下挂。看见烟峰披头散发跑过来，两人都吃一惊：

　　"谁偷什么了？"

　　"偷苞谷的，还打人了。"

　　"偷了你的苞谷？"

　　"偷禾禾的，禾禾地里丢了上百个棒子了！"

　　"看见是谁偷的吗？"

　　"五毛，五毛那贼东西！"

　　"你能惹过那无赖吗？禾禾还没回来，他往外边跑嘛，他还管庄稼？让偷光了，把嘴吊起来，他也就知道怎么当农民了！"

　　"回回，你不要看笑话，你别以为你现在是一家好日子了！哼，禾禾就是要饭，也不要到你门上来的！"

回回和麦绒没想被烟峰这么奚落了一场，当下也上了火，说道：

"我们算什么，你们能放在眼里？"

话是这么说的，但心里总不是滋味，一夜里两口子倒再没有说出话来。

烟峰一直跑到队长的家里，告了状。队长也气得嗷嗷叫，当下和烟峰到了五毛家，当面训斥了一通，把那十二个苞谷棒子一个不少地追了回来。

也就在第二天，禾禾回到鸡窝洼了。他是开着一辆手扶拖拉机回来的，又领来了一伙同事，三天之内就收割完了两家全部的庄稼。又八个人将手扶拖拉机抬进了洼，把两家大块的平地犁了一遍。鸡窝洼的人都傻了眼，他们从来没见过手扶拖拉机在这里犁地，当下围了好多人，摸摸机子的头，摸摸机子的犁，然后跳进犁沟用手量着深度。回回和麦绒始终没有来，他们站在门口，只是呆呆地往这边看着，不好意思来见禾禾，也不好意思赶牛过来犁紧挨禾禾地畔的那几亩地。

烟峰却病倒了，睡在禾禾的炕上不能起来。当禾禾一个人坐在她的身边安慰她、感激她时，她却瞪他、骂他、唾他，要求把她送回她的家里去。禾禾低着头，任她发泄着怨恨，却并不送她回去。他出去犁地了，她却挣扎着爬到窗口，看着那手扶拖拉机嘟嘟地开过来，开过去。

地里一切都忙清了，帮忙的朋友们坐着拖拉机走了，屋子里只剩下了禾禾和烟峰。禾禾把抓来的中药熬了端过来，劝着她喝，给她讲着这两个多月的情况。他说，那个电站已经修成了，开始发电了。他们承包了石料和水泥，劳动强度很大，但他没有累倒，倒学会了开手扶拖拉机。他说，现在各公社开始拉电线，他们又承包了从电站到这个公社沿途的水泥电杆运输任务，电很快就通到这里来了，就要用电灯了。他说，他挣了六百元，加上以前积累，他想买一台手扶拖拉机。他说，他很想她，夜里常做梦，觉得对不起她……

"你还对不起我了？"烟峰说，"你对不起什么了，你多么省心，一走就了嘛！"

禾禾说:

"你别说了,我已经够后悔了,我给你写了信后,就又想再给你写信,但我不知道该怎么写。"

"给我写什么信呀,我一个中年寡妇,谁见了谁都嫌呢,你给我写什么信呢?"

"你还饶不了我吗?是我不好,是我害了你,烟峰……"

禾禾眼睛湿了,拉住了烟峰的手。她把手抽出来了,说:

"我是你嫂子哩!"

"不,不……"禾禾却一下子抱住了烟峰。烟峰并没有反抗,几乎也是在同时迎接了他的拥抱,而又紧紧地抱住了他。眼泪无声地从两张脸上流下来。

十七

　　禾禾和烟峰很快地结婚了。

　　他们的婚事在鸡窝洼里引起了一阵骚动，但很快也就平静下来，婚礼举行得并不热闹，好多人因为过去的态度，都没脸面再来说恭喜话。但是，出人意料的是回回和麦绒却来了，他们在婚礼的前一天晚上，送来了好多菜蔬，三吊熏肉，还有一坛子甘榨酒。

　　回回和麦绒虽然恼恨着禾禾和烟峰，但婚后他们的生活过得十分称心，人心总是肉长的，免不了在饭桌上、在炕头上要说起那做了寡妇的烟峰和鳏夫禾禾。尤其那个烟峰遭到人打的晚上，回回凭着气恼说出一席话受到烟峰责骂后，两口子都觉得自己做得不应该了。麦绒更是心上过不去，以自己做寡妇时的苦楚来将心比心，总好像欠了烟峰什么似的。送东西的晚上，他们担心禾禾和烟峰会拒绝了他们，结果烟峰倒收下了礼，又做了酒菜让回回和禾禾在那里吃，自己便拉了麦绒的手坐在灶火边问这问那。麦绒听得出来，她是豁达开朗的人，一切都不是故意作出热情来应酬的，但最后竟问到她有了身子没有，使她好一阵脸红耳烧，心里想：亏她就能想到这一点。

"你快给他生个儿子下来，我没本事。等你再得了，就把牛牛放在我这里来，我不会亏待他的呢。"

麦绒当时没有言语，回来后对回回说起，回回也闷了好久，说把牛牛放到那边，他倒有些舍不得，就叮咛：烟峰不会生养，她是要打孩子的主意，这事上万万不要松口。第二天，吃饭的时候，禾禾家三朋四友摆了两桌酒席，派人来叫回回和麦绒。麦绒却作难了，怕当着那么多人的面，别人说句什么，脸上倒下不来呢。回回说：

"走就走吧，咱现在日月过得顺了，大脸大面地去，外人只能说咱的器量大。若不去，倒显得咱窝窝拙拙，日子过得不如他了呢。"

果然，回回两口参加了禾禾的婚礼，在鸡窝洼里落了个好名声。人们私下认为，这两家人活该要那么一场动乱，各人才找着了各人的合适。再将两家比较起来，当然又都说着回回这一家人缘好，会持家，很快就要成为鸡窝洼甚至白塔镇的第一第二滋润户了。禾禾两口呢，只能是禾禾找烟峰，只能是烟峰配禾禾。一对不安分的人，生就的农民命，却不想当农民，到头来说不定日月过得多恓惶呢。

　　回回清楚人们对他的看法，把日子过好的心越发盛起来。婚后他和麦绒的家产合在一起，可以说是鸡窝洼里家具最齐全的。他暂时封闭了自己这边的老屋，把麦绒那边的房子重新翻修了一下，特意叫工匠在屋脊上作出好多砖雕泥塑，又将两个圆镜嵌在上边，一早一晚，朝阳和夕阳可以使两面镜子大放光明。墙壁里外也用三合泥搪了一遍，当屋放下两个各一丈五尺的核桃木大板柜，柜盖上是一排十三个大小不等却擦得油光闪亮的瓦盆、瓦罐，分别装满了糁子、麦仁、小米、豆子、头层面、二层面、豆面、荞面。窗子因为太旧，是他将老屋的套格窗移来，重新安上的。那屋檐下，几乎是回回和麦绒精心布置的重要地方。明檐柱子上架了簸子，一层是晾晒的柿饼、柿皮，一层是各类干菜，白萝卜片的，红萝卜丝的。那檐头横拴的铁丝上，分别吊挂着四个苞谷爪儿，全是牛犄角一样的棒子。那两个窗旁，一边是三吊五尺长的辣椒，一边是三吊旱烟叶。结婚的时候，中堂上、大门上贴着的对联，保护得依然完整，稍有边角翘起，就用糨糊贴好。回回是识得几个字的，对联也是他写的，那毛笔字十分难看，他却要常常从地里回来，坐在门前的石头上，一边悠悠抽烟，一边斜眼看那字。孩子跑过来，不停地要从台阶上爬上去，又溜下来。麦绒在厨房做饭，看见了，就要嚷一声："你看你娃！"回回听了，就将孩子抱了，放在怀里，孩子却不安分，双手吊在他的脖子上，脚踩得他的肚皮疼，他就又要对麦绒说："你看你娃！"各人声调是那么满足、得意，和一种对新人的撒娇式的怒嗔。晚饭熟了，他们并不端进屋去吃，偏总要在门前放了，即便是一碗糊汤，也要盐碟也拿出来，辣碟也拿出来，你一口他一口给孩子喂饭。孩子将饭常常弄撒在地，回回就少不了拉长声喊着：

"哟——哟哟——哟——！"

这是喊狗来舔食的声音。

这声音使鸡窝洼全能听见，人们就知道回回一家又在吃饭了。

也就在这个时候，人们常常到他家去，要么借一下犁耙，要么借一下筛箩。主人会站起来，用筷子敲着碗沿让饭，让得好不热情。然后领着走进厨房后新搭盖的那间杂物间去。

"你去拿吧！"

这分明是在向来人夸耀着他的百宝。来人便会发现，这间房子很大，却显得极挤，东墙上，挂着筛箩：筛糠的、筛麦的、筛面的、筛糁子的，粗细有别，大小不等。西墙上挂着各类绳索：皮的曳绳，麻的缰绳，草的套绳，一律盘成团儿。南墙靠着笨重用具：锄、镢、板、

192

铲、犁、铧、耱、耙。北墙一个架子，堆满了日常用品：镰刀、斧子、锯、锤、钳、钉、磨刀石、泥瓦抹。满个屋里，木的亮着油亮，铁的闪着青光，摆设繁杂，杂而不乱。来人就叫道：

"好家伙，你家这么多东西！"

"没有什么。"主人却总是说，"过日子，啥也离不了。"该借的借给了，却反复交代家具不怕用，只怕不爱惜，锨用了一定把泥揩净，桶用了一定用水泡好，似乎有些小气。用后送来，人已走了，却又站在门上，大声地说：

"要用啥，你就来啊！"

日月过得一顺，人人都眼红。出门在外，回回总被首推富裕人家。也正是因福得祸，他少不了就比别人要多出钱财。上边来了救济，自然没有他的份。去镇上赶集，村里开会，总会有人逼他买烟来抽，他不能不买。亲戚四邻红白喜事，别人送一元，他最少也是一元五角。而且任何人见了他，都要祝福他会很快有儿子生下来，便闹着要他买糖买酒。每一次在外这么闹着，别人吃喝得醉醺醺的，他也吃喝得醺醺醉，走回家来，看着麦绒，就要问：

"你觉得怎样？"

"不要紧，夜里有点咳嗽，今早就好了。"

"我不是问这。"

"哪？"麦绒有些不明白。

"我是说，你没觉得有了吗？"

麦绒立即醒悟了，脸色绯红。

"没有。"

"你要给咱生个儿子哩，他们已经让我请了几次客了。"

"这些人总是骗着吃喝，你别那样。别说家里没有钱，就有钱也抵不住那样花哩。外边的都说咱们日子好过，其实咱成了空架子。以后他们再要吃烟，你让来家吃旱烟，喝咱甘榨酒好了。"

回回也点头说是。从此更加苛苦自己用钱。出门总是身上带两种烟，一种是纸烟，见了干部，或者头面人物才肯拿出来，自己却总是抽那旱烟。但却慢慢落下个"越有越吝"的话把儿。

夫妻俩最舍得的，也是叫所有人惊叹的是那一身的好苦。除过下雨，回回总是全洼第一个早起的，脸也不洗就挑起粪担去拾粪了。沿路回来，一根绳头也捡，一截铁丝也拾，扁担头上总是一嘟噜一嘟噜的破烂。到了雨天，就坐在家里打草鞋，劈柴火，或者做醋，或者烧蓬灰熬碱。晚上睡得最迟的却算是麦绒。一切大人孩子的针线活，都是在油灯下完成的，一直到了鸡叫，她才要吹灯睡下，却又是睡不稳。一会儿披衣下来，摸摸门关严了没有，窗插好了没有；又躺下，又披衣下炕，黑暗里拿灯去看看面罐盖上是否压了石头，馍笼上的荆棘是不是系得好，疑心老鼠会去糟蹋。如此反复几次，才心安理得地一觉睡到天明。白天里，大部分时间两人都在地里。那地种得十分仔细，没有一块拳头大的土疙瘩，没有一根杂草。每当回回套牛犁地，麦绒就抱着升子在后边点种，孩子便只好放在地头玩。有几次禾禾和烟峰路过地边，孩子爹着双手呀呀地叫。

"晚上不要来接了，让他跟我睡吧。"烟峰就抱了孩子到她家去了。

麦绒不好意思拦她，晚上也不好意思去接，一夜里却觉炕大。等孩子送回来，就把孩子视为宝贝儿一般。回回说：

"孩子可不能让他们勾了心去呢。"

但孩子见了烟峰，依旧爹着手呀呀地叫。

禾禾在家待了一个时期，从县城运回了那一批桑树苗儿，在那些鱼鳞坑里栽了，又给烟峰砍了柴火，磨了米面，便又到县上去找那个战友了。等将拉电线的水泥杆全部运齐后，收入又增加了许多，就托人买下了一辆手扶拖拉机，开始独个跑起长途运输来。

入了冬，白塔镇土产收购站的一批山货包给了禾禾拉运。他每天早晨上县，晚上返回，每一次回来，家里就有好多人来。这个让到县上捎买东西，那个让将东西捎运去县上。他们全忘记了自己过去的所作所为，尽量拣中听的话奉承禾禾。烟峰看不惯，说：

"理这些人干啥？你倒霉了，就他们来推下坡碌碡，如今你有办法了，瞧那嘴脸！"

禾禾说：

"世事也就是这样，只要咱能办上的事，咱就办吧，计较那些干啥？"

禾禾笑脸迎着上门来的人，来了就沏茶、散烟，又天空地阔谈些城里的新闻。这些人一离开他家，总是说：

"这小子运气来了！"

后来桑叶败了，蚕不能再喂养，烟峰就坐了手扶拖拉机到县上去，果然衣着慢慢时新起来了。她又喜欢买些小零碎，什么铝锅呀，小蒸笼呀，糖瓶呀，茶叶盒呀，东西虽不大，摆在柜台上却五颜六色、明光闪闪的，后来竟买了一台收音机，每天吃饭时间，就拧到最大音量，惹得来人更多了。一到晚上，就听见有人在互相招呼：

"走，去听戏去啊！"

到了烟峰家，看见柜盖上的小洋玩意儿，问这问那，又评论烟峰那新买来的衣服，说几句"烟峰成十八岁娃了"的笑话。烟峰得意，常常出门，动不动就把禾禾新做的工作服披上，还将禾禾的一双地质工人穿的半旧牛皮鞋穿上。一些人倒嫉妒起来了：

"一个拖拉机使这家发了！"

"他哪儿就能买起了拖拉机？"

"人家养蚕呀！"

"他怎么就能发了？"

"哼，男人能挣钱，婆娘尻子能擂圆，那烟峰披个衣服穿男人皮鞋，烧包成什么样了！"

烟峰听了，倒不在乎。每次进县城回来，又总要给麦绒的孩子买些糖果，或者帽子、围裙、鞋子什么的，这却使回回和麦绒惊慌起来，怕这样会将孩子的心勾走，也就尽量打扮孩子。但毕竟比不过烟峰，便不大让烟峰再接孩子过去，当烟峰将新买的东西送过来，就说：

"给他买这么多东西哟？这孩子既然投胎到没本事的娘这里，他哪儿能享得城里人的福！"

说话不甚中听，烟峰就心上疙疙瘩瘩起来。回来越想越生气，只恨自己没有生娃娃的本事，好心没好报。

　　到了冬至那天，电线拉通了，白塔镇上的电灯亮了，深山人几天几夜喜得坐不住、睡不稳，都盼望电灯很快拉到各家各户。几天后，各山山沟沟就开始架线路，鸡窝洼的电杆栽到洼底，但各家要用电，从洼底到各家门前的电线却只能自家出钱。这一下，使好多人家为难了。麦绒家离洼底较远，回回计算了一下，单这一段电线，以及屋里的电线、电灯、电表钱一共需一百五十元，他便叫苦不迭了。自结婚花了大笔钱后，又翻修房子，又置买家具，手头的钱早已没有几个，哪儿能一下子拿出这么多钱？只好眼看着别人用电，自己依旧点那小煤油灯。

　　拉电最早的，要算是禾禾。他一连接了四个灯，一个小房一个，而且大门口也拉了一个。一到夜里，满洼的人一抬头，就能看见那门上的灯，亮得像个太阳。

　　回回夫妇自惭形秽，就更不大到禾禾家来，自觉不如了人家。洼里的人也都议论开了，说这一家子红火了，那一家子光景要塌伙了。

但是，这个时候，烟峰病了。

她病得很厉害，四肢无力，不想吃饭，又经常呕吐。眼红而嫉恨他们的一些人得到消息，就都私下叽咕：

"这病怕不是好病哩。"

"哼，人的福分都是命定的，我就说这一对浪子怎么就日子这么红火！他们哪儿能享得那福？有财就没人，有人就没钱，瞧吧，即使这病能治，也是来收这家钱财的。"

禾禾也紧张起来。先并不在意，觉得烟峰一向身体好，这毛病过几天就好了。没想越来越厉害，他忙到镇上请了大夫来。大夫请过了脉，却突然大叫道：

"禾禾，你有大喜了！"

消息一时三刻传遍鸡窝洼，人人都惊呆了：这个多年来不会生娃娃的烟峰竟怀孕了？！说来说去，原来那回回才是个没本事的男人。

十八

回回睡倒了三天。

三天里，麦绒一直守在他的身边，手把手地给他喂药，他只是摇着头不喝。麦绒就流了眼泪。

"你病成这个样，怎么不喝药呢？什么事都不要放心里去，咱不是还有牛牛吗？牛牛，你快叫你爹喝药，药喝了，睡一夜，明早就好了呢。"

孩子爬过来，歪着头看回回，连声叫着："爹喝！"

回回将孩子拉过来，搂住，哽咽着说：

"麦绒，我没本事，我对不起你啊！"

麦绒说：

"快别说这个了。有了这个家，我也是心满意足。烟峰能得子，那也算是她的造化，她有了孩子也就死了争咱牛牛的心。我看得出来，咱牛牛是好的，他将来是会把你当亲爹哩。"

回回叹了一口气，把孩子在怀里搂得更紧了，说：

"我信得过你，我也相信咱牛牛是好的。烟峰有了孩子，外人肯定会耻笑我，这我倒不嫉恨。我只是伤心，怎么我的命这么不好呢。我只说过来，能使你的日子过得好一些，在人面前话说得精精神神，可我没本事，现在的光景过得倒不如人了。手头不活泛，也没能给你和孩子穿得光亮。我只说咱当农民的把庄稼做好，有了粮什么也都有了，可谁知道现在的粮食这么不值钱，连个电灯都拉不起，日子过得让外人笑话了。麦绒，你说这倒是为什么啊！"

麦绒看着丈夫，手在微微抖，药汤在碗里就不停地打闪儿。

"我也不明白这到底是为什么了，咱并不懒，也没胡说浪花……牛牛爹，话说回来，有饭吃也就对了，我也不需要别的，只要咱安安分分过下去，天长地久的，我什么都够了。别人吃哩喝哩，让人家过去吧，那来得快就保得住去不快吗？你要紧的把病治好，一家人安安全全的，咱还养活不了这三张嘴吗？我能跟你，我就信得过你的本分实在，再说又不是咱实在过不下去了！"

回回听了麦绒的话，爬着坐起来，把药喝了。

"唉，可我这心里，总是不能盛了啊！"

麦绒替他脱了衣服，扶他重新睡好，自己就上了炕，坐在丈夫跟前，一时却没有了话再说出来。

土炕界墙窝里的小油灯，豆大的一点黄光，颤颤瑟瑟地闪动着，屋子里昏黄黄的。回回让麦绒把他的烟袋拿过来，麦绒犹豫了一阵，还是从柜盖上取过来，替他装了烟，点上，说：

"你要抽，就少抽点。"

回回抽过一袋，又摸摸索索装上一袋。小油灯芯突然噼噼啪啪响起来，光线比先前更微小了。他仄起上半个身子，将烟锅凑近灯芯去吸，才一吸，灯芯忽地却灭了。

"没油了。"麦绒说，"我添些油去。"

"不用了，我也不抽了，睡吧。"

黑暗里，麦绒把孩子衣服脱了，放进被窝，自己却静静地坐在那里。窗外的夜并不十分漆黑，隔窗看去，洼的远处坡梁上，禾禾家门口的电灯光芒乍长乍短地亮着。她回过头来，默默地又坐了一会儿，脱衣溜进了被窝，温温柔柔地紧挨在回回身边。

"我一定要拉上电，我要争这口气！"回回狠狠地说着，鼻子口里喷出的灼热的气冲着麦绒的脸。第二天，回回就下炕了。

身子还很虚弱，却从屋梁上、外檐上卸下了几爪儿苞谷棒子剥了，从地里取出几背篓洋芋，第三天夫妻俩担到集上去出卖。价钱自然很便宜，但还是卖了，一共卖了七十二元八角。回回靠在那棵古槐下，把钱捏着，捏着，光头上的虚汗就沁出来，对麦绒说：

"你回去，再装一筐小麦，一筐谷子！"

麦绒愣住了。

"你还要卖？"

“卖，卖！”

“算了，咱不拉电了，煤油灯不是一样点吗？人经几代没电灯，也没见睡觉睡颠倒了！”

“要卖！要卖！”回回第一次变脸失色，“你去不去？俺？！”

麦绒站在那里，眉眼低下来，说：

“你喊什么，你是嫌外人不知道吗？”

说完，却还是挑了空箩筐一步一步走了。

回回却感到头一阵疼痛，双手抱住了脑袋，膝盖一弱，靠着树慢慢蹲下去了。

电线电灯费用总算凑齐了，回回家里亮了电灯。当夜特意请了几个相好的人来家喝酒，酒是甘榨酒，先喝着味儿很苦，喝过四巡，醇味儿就上来了。一桌人喝得很多，麦绒不停地用勺从酒瓮里往外舀。一直到半夜，别人还没有醉，回回倒从桌子上溜到桌下，醉得一摊烂泥了。麦绒扶他睡在炕上，他醒过来，指着灯坚持说他的灯最亮，而且反复强调在座的人都要承认在整个鸡窝洼里就要数他的电灯亮。

这一夜，回回醉了一夜，麦绒看守了一夜，一夜的电灯没有熄灭。

从那以后，这一家的茶饭开始节制起来，因为卖了好多粮，又要筹划以后用钱还得卖粮，就不敢放开吃喝了。茶饭苦苦起来，就不可能每顿给猪倒饭了。猪一天三顿便是糠草，红绒就上了身，脊背有刀刃一般残了。到了月底，用秤一称，竟仅仅长了三斤。回回气得叫道：

"倒霉了，倒霉了，干啥啥也不成啥了！"

进入腊月，正是深山人筹备年货的时候，夫妻俩为钱真犯了愁：倒卖粮食吧，又得卖一担二担才行，可哪儿还敢卖得那么多呀，卖些家具吧，这是麦绒最忌讳的事，她不敢往这上边想，回回也不敢往这上边想。

"哪儿去寻钱啊？"回回问着麦绒，也在问着自己，"咱手脚是死的呀！"

麦绒说：

"咱是没一点钱的来路啊！禾禾的钱来得那么快，

钱像是从地上拾的呀……"

"咱不能比了人家，人家会折腾嘛。"

"这年代，怕是要折腾哩。"

"唉，我当了多半辈子农民，倒怎么不会当农民了！"

"他能做生意，咱就不能也做生意吗？"

做生意买卖，这是回回和麦绒从来没有干过的，他们世世代代没有这个传统，也没有这个习惯。但现在仅仅这几亩地，仅仅这几亩地产的粮食逼得他们也要干起这一行当，却一时不知道该干些什么好。两口子思谋了几个晚上，麦绒就说出吊挂面的事来。麦绒在灶台上是一个好手，早年跟爹学过吊挂面，那仅仅是过年时为了走亲戚才吊上那么十斤二十斤的。当下拿定主意，就推动小石磨磨起面来。

一斗麦子，从吃罢晚饭开始，夫妇俩轮流摇磨杆。小石磨转了一圈又一圈，上扇和下扇，两块石头霍霍地摩擦。麦子碾碎了，顺着磨槽往下流；夜也碾碎了，顺着磨槽往下流。鸡叫过头遍，又叫过二遍，双手摇了多少下，石磨转了多少圈，回回记不清，麦绒也记不得。麦子还没有磨好，人困得眼皮睁不开，麦绒要回回去睡，回回不。

"你给我摘一个干辣子角来，我咬咬，就不瞌睡了。"

辣角拿来了，咬一口，瞌睡是不瞌睡了，却辣得舌头吐出来。麦绒换了他。为了止瞌睡，两个人就不停地说着话儿：

"一斤面能吊多少挂面？"

"一斤半吧，那要吊得好哩。"

"一斤挂面价是四角五，这利倒真比卖原粮强了。"

"人是要受苦呢。"

"人苦些不怕。"

"赚得钱了，一定给你买一个毛衣。"

"我那么金贵，不怕烧坏了我吗？"

"你没见烟峰，毛裤都穿了哩！"

"比人家？只要不露肉，穿暖和也就对了。大人穿什么呀，牛牛一定要买一身新衣哩。"

第二天后，挂面就开始吊起来了：揉面，入时面，形面，拉面，上架。麦绒果然好手艺，那面吊得细细的、长长的，一杆一杆从一人半高的面架上一直垂下来，鸡窝洼的人路过门口，就大惊：

"嚯，吊起面了，麦绒，日子过得真称心，讲究起吃这种面了？"

"怎么不吃呀？怎么好吃怎么来呀！"麦绒说。

"吊这么多，能吃得了吗？"

"吃不了可以卖嘛！"

"哟，也干起副业了？"

麦绒没有言语。

"真该，真该，现在的农民啊，日子要过好，还得多种经营呢。"

麦绒听了，猛然之间，倒想起了禾禾。她举着一杆面站在台阶上呆立着，想了好多好多往事。

"面快要掉下来了！"回回喊着，她笑笑，忙又上了木架。

当晚上又开始磨第二斗小麦的时候，麦绒突然问道：

"牛牛爹，咱真的也是干副业了吗？"

"就叫作副业吧。"

"这也叫多种经营？"

"也算。"

"那你说，以前禾禾干的是对的？"

"唵？！"

"我是说，咱以前有些委屈了他。"

"或许是委屈了他。你怎么想起了这事？"

"不知道怎么就想起来了。"

麦绒说完，倒笑了。

吊过几次挂面，果然卖得了好价钱，夫妇俩也来了劲，觉得寻钱是有了门路。但磨过第四个晚上，再也没了力气，就都歇下来了。

也就在这时候，禾禾却从县上买回来了一台磨面机和一台小型电动机。他安装在烟峰的那个西厦子房里，接通电线，一个早晨就为自家磨了三斗麦子，喜得烟峰当下将家里那台石磨搬出来，丢在屋后沟里。石磨像车轮一样滚下去，在沟底撞碎了。

新闻又一次轰动了鸡窝洼注，轰动了白塔镇附近的农民。尤其是那些成辈子摇石磨的妇女们都来开了眼，把禾禾看作是神人一样。

"禾禾，你真会替烟峰想事，烟峰这福人哟！"

"我一家能用得了这机器呀！"烟峰说，"禾禾还不是为大伙买来的？"

"磨粮不要钱吗？"

"世上哪有这么便宜的事？"烟峰倒笑了，"这机子是一疙瘩钱，几百元呀，不收钱了得！谁要磨就来，五斤麦子一分钱，怎么样？"

来磨粮食的立即排了队。禾禾就三天三夜没离开过磨面机。烟峰挺着微微凸起的肚子就站在一边，学着操作。磨粮食的女人们说不尽的殷勤话，一口咬定烟峰一定能生个胖儿子。

"你能保证吗？"旁边人问。

"当然敢！这么好的一家人，能不积福得个儿子？"

众人就哈哈地笑。

"烟峰，坐月子你是去县城大医院吗？"那女人又问了。

"我生什么真龙天子了，还去上县城？"

"怎么不去？听人说县城大医院生孩子快当，孩子又聪明。别人不能的，你还不能吗？拖拉机一坐，嘟嘟嘟，眨眼就到了。"

烟峰说：

"那就好了，走不到五里，颠得也把儿子颠出来了！"

夜里，回回和麦绒担了麦子也来磨面了。

回回他们吊挂面的事，禾禾已经听说了，他并没有奚落他们，反倒喜欢地问了多少面，赚了多少钱，直叫着这也是一个好买卖。回回就红了脸说：

"我这算得了什么？赚些小利罢了。"

"慢慢来嘛，慢慢扩大门路嘛；原先我还谋算在洼口瀑布那儿能盖一所水磨坊，没想电就来了，那咱就用电打磨子嘛。"

回回说：

"你行，脚长眼远的，能干得了大的，我不是那个料，只是手头紧，实在没办法了，寻个出路捏几个零花就是了。"

禾禾说：

"就要寻出路哩。地就是那么几亩，人只会多，地只会少，人把力出尽了，地把产出尽了，死守着向土坷垃要吃要喝，咱农民就永远也比不过人家工人、干部了。"

回回一句话也说不出来。

麦子磨过之后，回回要付钱，禾禾不收。一连又磨了几次，回回就把钱硬塞在禾禾怀里，禾禾倒生了气，说：

"你这不是作践我吗？我在你西厦房住的时候，你要过房钱吗？"

不说以前倒还罢了，提起以前，回回更是羞愧，脸紫红得像猪肝，他便收起钱。回到家里，总觉得过意不去，第二天套了牛悄悄去代耕了禾禾家的二亩红薯地。

语 言

——人道与文道杂说之一

一

　　一根羽毛，一根羽毛，或许太平常了，但组合起来，却是孔雀的艳丽彩屏；一缕丝线，一缕丝线，或许太普通了，但经纬起来，却是一匹光华的绸缎；一部好作品，使多少人笑之忘我，悲之落泪，究其竟，不过是一堆互不相连的方块字呢。然而，这么些方块字，凑起来，有的是至情至美，有的却味如嚼蜡……这是什么样的魔术啊！

　　妙龄人大概都有这么个感觉吧：外表美，心灵不美，当然不是好对象；心灵美，外表不美，却不能不是一种遗憾了。语言是作品的眉眼儿，既然有一颗纯洁善良的灵魂，那何不就去修饰打扮，使天下的读者"一见钟情"呢？

二

鸟儿都喜欢自己的羽毛，作家更想把自己的语言写好。然而，孩子们的憨，是一种可爱；大人们的憨，却是一种滞呆；少女们插花会添几分妩媚，老妪们插花则是十分地妖怪了。

这是为什么呢？

骗子靠装腔作势混世，花里胡哨是浪子的形象。文学是真情实感的艺术，这里没有做作，没有扭捏。是酒，就表现它的醇香；是茶，就表现它的清淡；即便是水吧，也只能去表现它的无色无味。如此而已！

三

可惜，我们的学生，或者说，我们在学生的时候，那是多么醉心于成语啊！华词艳辞以为才气，情泄其尽为之得意。写起春天，总是"风和日暖""春光明媚"，殊不知何和何暖的风日，何明何媚的春光？写起秋天，总是"天高云淡""气象万千"，殊不知又怎么个高淡的天云，怎么个万千的气象？单纯、朴素，这实在是一张艺术与概念、激情和口号之间的薄纸，而苦闷了我们几年、十几年地徘徊徊徊，欲进不能。

如果可能的话，快将那些"豪言壮语"从作品中抹去，乱用高尚、美丽的成语，会使这些词汇原有的深刻、真切的含意贬值。

一道溪水，流，是它的出路和前途。它必然有过飞珠溅沫的历程。而总是飞珠溅沫，它便永远是小溪，而不是大河啊。

四

那么，就将土语统统用上吧，那油腔滑调，那歇后语，那顺口溜……

错了！

难道坩子土里有铝，能说铝就是坩子土吗？金在沙中，浪淘尽，方显金的本色；点石如果真能成金，那也仅仅只是钻进了蛤蚌体内，久年摩擦、浸蚀而成的一颗珍珠。如果以为是现实里发生过的，就从此有了生活气息，以为是有人曾说过的，就从此有了地方色彩，那流氓泼妇就该是语言大师了？！艺术，首先是美好，美好地"冶炼"起来的。

五

什么是好语言呢？

理论家们可能有一套一套的学说，老师们可能有一条一条的规范；我，却只有一点儿偏见，又那么地含糊，似乎也只是有意会而苦不能言说呢。

之一：充分地表现情绪。

"窗外有两棵树，一棵是枣树，另一棵还是枣树。"鲁迅表现的是怆凉、寂寞的情绪。"我又掬你入口，便是吻着她了。我送你一个名字，我从此叫你'女儿绿'，好么？"朱自清表现的是欣喜、激赞的情绪。陶潜的"采菊东篱下，悠然见南山"，是一种遁世的闲适。李白的"举头望明月，低头思故乡"，是一种怀亲的哀愁。这些字眼是多么平淡无奇哟。但是，发纤秾于简古，寄至味于淡泊；不写的地方，正是作者要写出的地方。

月有情而怜爱，竹蓄气而清爽。这一道理，该是我们从写第一篇作品到最后一篇作品，都不要忘记的。

之二：和谐地搭配虚词。

一首歌曲，是那么的优美，慢慢听，慢慢听，原来有了节拍的2/4，3/4，原来有了节奏的长与短，力度的强与弱，速度的快与慢，结构的整与散，色彩的浓与淡，织体的简与繁，唱法的放与收……噢，奥妙原来如此！

而文学呢？刻画的形象若要细致逼真，精妙入微，就应在其意境中贯穿充盈脉脉的隐隐的情思，奥妙也该是如此了。为着情绪，选择自己的旋律，旋律的形成，而达到表现情绪的目的，正是朱自清散文情长意美，正是孙犁小说神清韵远的缘由。以此推论下去，我们终于明白了老舍写文章为什么要对旁人反复吟咏，柳青的文章为什么有些句式颠三倒四。

每一个艺术大师，无不是在作品里极力强调自己的感觉，而这一切又是那么地追求着气韵、意境、含蓄和心灵内在的谐和呢。

之三：多用新鲜、准确的动词。

人们乐道王安石的"绿"字，李清照的"瘦"字，李煜的"愁"字，杜甫的"过"字……所谓锤句锻字，竟然都是在动词上了。生动，生动，活的才能动，动了方能活呢。杜甫的"牵衣顿足拦道哭"，七个字里四个动词，形象能不凸现吗？试想，如果要描写两山之间有一道细水，"流"亦可，"漫"亦可，"窜"亦可，但若用个"夹"字，两山便有了"窄"的形象，水便有了"细"的注脚。

当然了，嚼别人嚼过的馍没有味道，随心所欲更是荒唐。你必须是你自己的，你说出的必须是别人都意会的又都未道出的。于是乎，你征服了读者，迫使着他们感而就染，将各自的经历体会的色彩涂给了你的文章。你，也便成功了。

六

本文应这般结束：

语言探索是迷人的，探索语言是受罪的；只要在生活里挖掘，向大师们借鉴，艺术绿树常青，语言永远不死。

贾平凹小传

姓贾，名平凹，无字无号；娘呼"平娃"，理想于顺通；我写"平凹"，正视于崎岖。一字之改，音同形异，两代人心境可见也。

生于一九五三年二月二十一日。孕胎期娘并未梦星月入怀，生产时亦没有祥云罩屋。幼年外祖母从不讲甚神话，少年更不得家庭艺术熏陶。祖宗三代平民百姓，我辈哪能显发达贵？

原籍陕西丹凤，实为深谷野洼；五谷都长而不丰，山高水长却清秀，离家十年，季季归里；因无"衣锦还乡"之欲，便没"无颜见江东父老"之愧。

先读书，后务农，又读书，再弄文学；苦于心实，不能仕途，拙于言辞，难会经济；捉笔涂墨，纯属滥竽充数。

若问出版的那几本小书，皆是速朽玩意儿，哪敢在此列出名目呢？

如此而已。